이별통보단

이별 통보단

홍인영 장편소설

푸른
여름

목차

1
머피의 인연

**파
키
라** · 관
용

캣츠걸의 오늘의 운세

뒤로 넘어져도 코가 깨지는 머피의 법칙 주의보 발령!

오! 이런, 오늘은 몸 좀 사려야겠는걸. 모처럼 나간 미팅에서는 폭탄 제거반, 지각할까 탄 택시는 버스보다 느린 거북이걸음! 이 정도는 애교야. 다툼수, 관재수, 구설수에 휘말릴 수 있으니 오늘 하루는 방콕 여행을 추천할게. 그래도 외출하려거든 빨간색을 조심해!

야옹, 소리와 함께 요새 인기 앱인 캣츠걸의 오늘의 운세가 업데이트되었다.

'머피의 법칙 주의보라고?'

한 손에 테이크아웃 커피를 들고 스마트폰을 내려다보던 보은이 중얼거렸다. 아침 9시. 하루를 본격적으로 시작하기 전에 보은이 하는 일이 두 가지 있다. 하나는 커피를 마시며 잠 들어 있던 전투력을 깨우는 것이고, 다른 하나는 캣츠걸이 보내주는 오늘의 운세로 하루를 점쳐보는 것이다.

늘 그렇듯 점괘가 좋으면 철석같이 믿고 나쁜 점괘면 '에이, 원래 점이 다 그렇지 뭐' 하며 가볍게 흘려 넘긴다. 보은은 피식 웃으며 휴대폰을 주머니에 넣고는 커피숍 문을 활기차게 열고 거리로 나섰다. 캣츠걸은 방콕 코스를 추천했지만 프로페셔널 스타일리스트의 하루는 그리 한가하지 않았다.

보은이 부산스러운 거리의 향기를 커피와 함께 한 모금 들이켰을 때 쌩하고 그녀 곁으로 뭔가가 한줄기 바람을 일으키며 지나갔다. 뭐지, 하고 보는데 뒤가 마려운 듯 헐레벌떡 뛰어가는 한 남자의 뒤통수가 보였다. 그때 또다시 연이어 바람이 쌩하고 불었다. 이번에는 바람만 부는 데 그치지 않았다.

"앗 차거!"

보은의 손에 들려 있던 커피가 쏟아졌다. 달려가던 남자는 고개를 돌려 힐끗 보고는 "미안해요" 하고 성의 없이 외치고서 그대로 뺑소니를 쳤다. 보은은 어이가 없어 가방에서 휴지를 꺼내 손을 닦다가 재킷 자락에 튄 커피 자국을 발견하고 눈을 휘둥그렇게 떴다.

맙소사, 이게 어떤 옷인데! 패션 리더들의 거리, 소공동 5번가 백화점의 명품관에 걸려 있는 잇츠 핫(It's hot) 아이템이 아닌가! 30%라는 파격 세일에도 무려 50만 원이나 하는 재킷은 패션의 '패' 자도 모르는 촌뜨기의 심장에도 '머스트 해브(Must have)'의 불꽃을 일으킬 만했다. 고기는 씹어야 맛이고 명품은 입어줘야 맛이다. 그래서 보은은 반짝이는 금빛 카드를 번쩍 들고 "일시불요!"를 호기롭게 외쳤었다. 딱 한 번만 입고 반납하고자 택은 뜯지도 않았고 혹여 땀냄새라도 밸까 싶어 재킷을 입기 전에 데오드란트를 한 통이나 들이부었다. 그런데 헉!

"아이고 내 가방…… 저놈 좀 잡아요! 저놈! 어이고, 이를 어쩌!"

커피숍 옆에 있는 편의점 모퉁이를 돌아나오며 한 아주머니가 손으로 앞쪽을 삿대질하면서 발을 동동 굴렀다.

흐웅, 그러니까 사람을 쳐놓고도 나 몰라라 하는 저 싸가지가 소매치기렸다!

보은은 월말에 쓰나미로 몰려올 카드 값을 떠올리며 분노의 질주를 시작했다. 그러나 15센티 킬힐은 보은의 분노를 소화하기엔 역부족이었다. 싸가지와 갈수록 거리가 벌어지자 보은은 숨을 헐떡이며 멈추어 섰다. 그러고는 빨간 킬힐을 벗어 원반을 돌리듯 팔을 크게 휘두른 다음 소매치기의 뒤통수를 겨냥해 정확하게 던졌다.

딱!

커다란 소리와 함께 풀썩 소매치기가 앞으로 꼬꾸라졌다.

"나이스 샷!"

보은은 쓰러진 남자의 옆에 놓인 빨간 구두를 재빨리 꿰어 신었다. 그런 후 도망가지 못하게 남자의 소매를 붙들고 의기양양하게 소리쳤다.

"아주머니, 잡았어요!"

그러나 아주머니는 귀신에 홀린 듯이 시선을 앞쪽에 고정한 채, "아이고, 내 가방"을 외치며 곁눈질도 주지 않고 지나쳐 갔다.

"아……주머니!"

멀어져 가는 아주머니의 뒤통수를 멍하니 바라보는 보은을 오락가락 반짝이는 별들 사이로 창수가 쏘아보았다.

"아니, 그러니까 날 소매치기로 알았다?"

"그게……저기 하하……."

보은은 멋쩍게 웃으며 소맷부리를 잡았던 손을 슬그머니 놓았다.

"죄송합니다!"

보은이 허리를 꾸벅 구부려 사과했나.

"나 참, 이 얼굴이…… 성실하고 정의감 넘치는 이 얼굴 어디를 보고 그런 오해가 나와요? 그리고 사람을 쳐놓고 뭐, 나이스 샷?"

인상을 찌푸리며 창수가 오른손을 턱 밑에 받친 채 제 얼굴을 보은 앞으로 쑥 내밀었다.

"그쪽이 막 달려가니까……."

"그래서 달리면 다 도둑놈이라고? 허, 도둑놈 잡으려다가 되레 도둑 취급당하네. 이거 어떡할 거예요? 아, 완전 부었네. 만져봐요, 자!"

창수가 뒤통수를 만지며 보은에게 들이밀자 구두에 난타를 당한 곳은 벌써 탑을 이층까지 쌓아놓고 있었다.

"죄송합니다!"

보은은 또다시 꾸벅 인사했다. 그러나 곧 허리를 꼿꼿이 펴고서 창수를 보았다.

"그런데요…… 그쪽도 잘한 건 없거든요? 커피 쏟아놓고 뺑소니친 게 누군데."

"아, 그건 도둑 쫓느라……."

"그렇게 정의감 드높으신 분이 교통사고를 내놓고 제대로 된 사과도 없이 냅다 내빼요? 맥이 무슨 짓을 한 줄 알아요? 이거 봐요, 이거!"

보은이 가리킨 곳에는 콩알만 한 커피 자국이 있었다.

"사과도 없다니? '미안하다'는 말은 콧구멍으로 들었나! 빨면 없어질 얼룩 하나랑 내 머리통에 생긴 시퍼런 멍이랑 지금 어느 게 더 큰가 따져보자는 거예요?"

"그래요! 따져봐요! 이거 무려 49만 5천 원이나 하는 얼룩이거든요!"

보은이 창수에게 가방을 턱 하니 맡기고서 재킷을 벗었다. 그러고는 뒷목 쪽에 붙어 있는 택을 창수의 눈앞에 척 들어

보였다. 창수는 택에 적혀 있는 숫자에 현기증을 느끼며 숨을
헉 들이마셨다.

*

"죄송합니다. 늦었습니다!"

창수가 사무실에 들어서며 외쳤다. 사무실 안에는 소품 담
당 털보 형님이 소파에 앉아 껌을 짝짝 씹으며 깁스한 다리를
떨고 있었고 잡무를 보는 미진은 책상에 뾰로통하게 앉아 있
었다.

"어쭈, 강창수, 지각할 줄도 알고…… 똑딱이 같은 네 녀석
이 웬일이냐? 하하하, 어제 친구들이랑 술 좀 펐냐?"

"치, 창수 오빠가 최팀장님 같은 줄 알아요?"

미진이 끼어들었다.

"다리는 왜 그러세요?"

창수가 털보의 깁스를 내려다보며 물었다.

"하하, 이거? 영광의 상처가 아니겠냐. 어제 술집에서 웬 양
아치들이 미진이한테 치근덕거리기에 정의의 날려차기 좀 했
지."

"그게 아니라 취해서 바나나 껍질 밟고 꽈당 한 거예요. 양
아치 날려차기는 우연이고."

미진이 덧붙였다.

"어이, 김미진, 왜 자꾸 어제 일을 코미디로 만들어?"

털보가 불만스럽게 딴지를 걸었다.

"코미디지 그럼 정극이에요? 최팀장님이 넘어지면서 양아치 거기를 발로 찼잖아요. 최팀장님은 고대로 쓰러져서 정신 잃어, 양아치 녀석은 죽는다고 엄살떨지…… 119 부르고 난리도 아니었다니까……. 난 최팀장님이 뇌진탕으로 죽은 줄 알고 눈물 콧물 다 뽑았는데 창수 오빠, 어땠는 줄 알아요? 구급차에 타자마자 드르렁드르렁! 글쎄 코로 아주 세레나데를 부르더라니까!"

미진이 간밤의 활극에 넌덜머리가 난다는 듯 고개를 저었다. 창수가 킥킥 웃음을 터뜨렸다.

"정말, 조감독님이랑 선욱 오빠 없었으면 어제 미쳐버리고 말았을 거야."

"흠흠, 좌우지간 양아치에게서 미진 공주를 구해준 정의의 기사가 바로 나란 말씀! 그러니 미진아, 아메리칸 스타일로 커피 한잔 타 다오."

털보가 천연덕스럽게 커피를 주문했다. 평소 같으면 '아밀라아제는 몇 숟가락 넣어드릴까요, 호호호!' 하며 발톱을 세웠을 텐데 미진이 얌전히 탕비실로 가는 걸 보면 털보 형님이 어젯밤 그녀를 구한 건 틀림없는 사실인 모양이었다.

"다른 분들은요?"

창수가 털보의 맞은편에 엉덩이를 붙였다.

"정감독님은 한사장 만나러 갔고 조감독은 선욱이랑 이부장 집에 갔다. 이부장이 며칠째 아프다고 코빼기도 안 비치잖냐. 아무튼 다음 주면 촬영 들어가니 농땡이 부릴 여유도 낼모레면 끝이야."

"발이 그래서 일하기 불편하시지 않겠어요?"

"암, 그러니까 될 수 있는 한 오늘 내일 최대한 놀아야지. 그래서 말인데 창수야."

털보의 목소리가 은근해졌다.

"니가 동대문 좀 다녀와야겠다."

"네?"

"다른 소품은 다 레디 액션 상태인데 딱 하나가 빠졌다. 촬영 첫 신에서 자개 화장대가 필요한 거 알지? 내 친구 녀석한테 딱 맞는 화장대가 있는데 자식이 빌려준대 놓고서는 증조할머니가 물려준 거라고 안 되겠다고 이제 와 오리발을 내민단 말이지. 근데 친구 놈은 마누라 말이면 껌벅 죽어. 그리고 그놈 마누라는 명품 속옷 마니아고. 특히 구찌라면 환장하지. 그러니 니가 동대문에 다녀와야겠다."

"동대문엔 왜요?"

"내가 잘 아는 속옷 가게가 있는데 거기 옷들이 아주 기가 막혀. 거기엔 분명 이것과 똑같은 아가씨가 있을 게다."

털보는 주머니에서 얌전히 접힌 종잇조각을 꺼냈다. 종이를 펼치니 금발에 파란 눈의 아가씨가 속옷 차림으로 뇌쇄적인 표정을 지으며 유혹하듯 창수를 바라보고 있었다.

"명심해, 이 임무에 우리 영화의 크랭크인이 달려 있다."

털보가 창수의 어깨를 턱 짚으며 조카 프로도에게 절대반지를 맡긴 빌보처럼 말했다.

*

여자는 사랑을 예감할 때 속옷을 산다. 그리고 사랑을 확신할 때도 속옷을 산다.

뷔스티에에서부터 가터벨트까지 하늘거리는 속옷들이 첫날밤 새신랑의 손길을 기다리는 수줍은 색시처럼 새침하게 진열되어 있는 사이사이를 보은은 먹이를 찾아 헤매는 하이에나같이 어슬렁거렸다. 먹잇감을 발견하기만 하면 바로 낚아챌 듯이 눈을 번뜩이고서. 그녀가 이렇게 속옷을 고르고 있는 까닭은 사랑을 예감했기 때문이 아니라 사랑을 확신했기 때문이다. 물론 아쉽게도 보은이 아니라 보은의 고객이.

'잇 스타일'이라는 패션 블로그를 운영하며 친구들이나 지인들에게 패션에 관한 조언을 취미 삼는 보은에게 블로그 이웃인 블루마린이 처음으로 스타일링을 의뢰해 왔다. 그 덕에 드디어 보은은 아마추어 딱지를 떼어냈다.

보은의 날카로운 눈길이 매장 구석에 걸려 있는 빨간 레이스 팬티에 멈추었다. 손바닥만 한 망사 천에 섬세한 꽃무늬가

수놓아진 레이스가 달려 있었다. 아마도 이 속옷 디자이너는 천을 아낄수록 여자는 섹시해진다는 걸 지론으로 삼은 듯, 양 옆의 허리 쪽으로 갈수록 망사 천은 한 줄의 가는 끈으로 바뀌어 경제성을 최대한 살리면서 섹시미의 극치를 이루었다. 여성스러우면서도 대범한 디자인이었다.

보은은 옷걸이에서 팬티와 브래지어를 꺼내 매대 위에 올려놓고 휴대폰으로 사진을 찍었다. 아까 찍어두었던 로맨틱 디자인의 정수였던 하얀 프릴 속옷 사진과 함께 블루마린에게 전송했다.

"사진, 받았죠?"

사진이 전송되자마자 보은이 블루마린에게 전화를 걸었다.

"네, 둘 다 예뻐요. 빨간색이 더 끌리긴 한데…… 너무 대담해서……."

"1주년 기념이잖아요. 기념일에는 평소에 하지 않았던 일들을 하는 법이죠. 남자 친구분에게 새로운 모습을 보이고 싶어 하셨잖아요."

"훗, 그렇죠. 잠깐…… 고민해도 되죠?"

"물론이죠."

평일 오전이라 매장 안은 한산했다. 손님이 날파리인 양 귀찮다는 얼굴로 카운터에 맥없이 앉아 있는 점원 여자와 서울 구경 처음 나온 촌놈처럼 고개를 이리저리 두리번거리며 속옷 구경을 하고 있는, 막 변태로 환골탈태하려는 총각 하나.

보은에게 보이는 건 청년의 뒤통수뿐이었지만 보나 마나 두 눈을 휘둥그렇게 뜨고 입을 헤벌쭉 벌리느라 정신없을 터였다. 그때 변태 돌입 직전 총각이 갑자기 보은 쪽으로 고개를 돌렸다.

"앗!"

아침의 그 작자였다. 월말의 쓰라린 카드 값 쓰나미를 안긴!

창수도 보은을 알아보고 "어!" 하며 반가운 표정을 지었다.

보은이 재킷의 택을 들이밀자 남자는 뇌세포가 만 개는 죽었을 거라며 엄살을 떨면서 뇌진탕 CT 촬영비를 들먹였다. 결국 CT비와 재킷 값을 퉁치기로 하고 헤어진 참이다. 그 길로 보은은 집에 돌아가 옷을 갈아입고 캣츠걸의 경고를 받아들여 빨간 킬힐 대신 파란 플랫 슈즈를 신었다. 그런 다음 세탁소에 들러 옷을 맡겼다. 부디 하느님이 보우하사 재킷이 새것으로 돌아오기를 바랄 뿐이다.

창수가 성큼성큼 다가왔다. 그가 코앞까지 다가와 보은이 '우리 피곤하게 알은체하지 말죠'의 ㅇ을 발음하려는 찰나, 창수가 보은에게는 눈길도 주지 않은 채 매대 위에 놓여 있던 빨간 팬티를 집어 들었다. 그러고는 집게와 엄지손가락으로 문질러 속옷의 보드라운 감촉을 느끼며 엉큼하게 두 눈을 희번덕거렸다.

'으휴, 이래서 남자는 민규 오빠 빼고는 다 앙큼쟁이라니까.'

팬티를 내려다보며 흐뭇하게 미소 짓는 창수에게 턱받이를 채워주고픈 충동을 느끼면서 보은은 빨간 팬티를 잡아챘다. 하지만 창수는 억세게 팬티를 잡고 놓지 않았다.

"이거, 제가 찜한 거거든요?"

"아, 그래요? 그런데 어쩌나? 내가 먼저 집었는데."

창수가 예의 바르게 말하며 미소 지었다.

"뭐 맘대로 하세요……."

보은이 어깨를 으쓱하고 양보하려는데 띠링 하며 블루마린에게서 문자가 도착했다.

보은 씨, 빨간 걸로 부탁해요♡

블루마린의 '머스트 해브' 지령에 양보의 미덕이 꼬리를 말았고 대신 투쟁 의식이 치솟았다. 보은은 팬티의 한쪽 끝을 단단히 말아 쥐었다.

'아까는 그냥 넘어갔지만 이번에는 그렇게 못 하지!'

'대망의 크랭크인이 걸렸는데 양보는 사양하겠어!'

빨간 팬티의 양쪽 끝을 잡고 보은과 창수 사이에 치열한 신경전이 벌어졌다. 둘 사이에 밀고 당기기 게임이 시작됐다. 보은이 밀고 당기면 창수가 밀렸다가 끌려왔다. 창수가 밀고 당기면 보은이 밀렸다가 끌려왔다. 그렇게 몇 차례 파도가 왔다 갔다 했다.

보은은 창수의 힘에 딸려가 몸을 앞으로 기울였다. 안간힘을 쓰며 팬티를 잡아당기려는 듯 보은이 팔을 팽팽히 당겼다. 그러다 문득, '아차, 새 걸 달라고 하면 되지!' 하며 유레카를 외쳤다. 동시에 보은은 사악하게 씩 웃으며 팬티를 쥐고 있던 손을 놓았다. 그 반동에 창수가 뒤로 쿵 하고 나동그라졌다.

"어이쿠……."

이번에는 창수의 엉덩이에 삼층 탑이 쌓였다. 보은은 승리의 미소를 짓고는 점원에게 "언니, 이 속옷 세트 새 거 있죠? 하나 꺼내 주실래요?" 하고 말했다.

"죄송합니다, 손님. 그 상품은 그게 다예요."

아까까지만 해도 늘어지게 하품만 내뿜던 점원이 둘의 실랑이에 생기가 도는 얼굴로 말했다. 동시에 웃음꽃이 열려 있던 보은의 입가에서 웃음기가 가셨다. 일어나 엉덩이를 탈탈 털고 있는 창수의 손끝에 걸린 속옷을 향해 보은이 재빨리 손을 뻗었지만 창수는 잽싸게 보은의 갈퀴질에서 빠져나갔다. 그러고는 팬티를 들고 있던 손을 머리 위로 올려 쌤통이다는 눈빛으로 보은을 야렸다.

"그러게 사람이 맘을 곱게 써야지……."

창수가 희희낙락 어쭙잖은 충고를 했다.

보은이 깡충깡충 뛰며 팬티를 낚아채려 했다. 하지만 창수는 보은이 팔짝팔짝 뛸 때마다 몸을 교묘하게 틀어 피했다. 심지어는 때때로 눈앞에서 팬티를 흔들어 보이며 약을 올렸다.

'뭐야, 이 자식! 장난하는 거야?'

보은은 집에 두고 온 15센티짜리 킬힐을 그리워하며 씩씩거렸다. 이 남자, 고양이 쥐 갖고 놀듯 살살 약을 올리는데 이대로는 오기가 나서 포기할 수 없다. 게다가 이건 첫 번째 스타일링 의뢰자인 블루마린이 원하는 속옷이었다. 그러니 모 광고처럼 포기는 김치 담글 때나 찾아야 한다.

암, 프로는 절대 고객을 실망시키는 법이 없지!

"옵빠, 저한테 양보해 주실 수 없어요?"

보은은 코맹맹이 소리를 내며 귀엽게 눈을 깜박였다. 자칭 타칭 보은의 필살기였다. 어지간한 젊은 총각들은 보은이 간드러지게 '옵빠' 하며 커다란 눈을 깜박이면 간이고 쓸개고 빼주기 바빴다.

"동생, 웬만하면 그러고 싶지만 나도 이게 꼭 필요하거든……."

"정말 안 돼요? ……사실은요, 우리 언니가 백혈병이거든요. 우리 언니는요…… 죽기 전에 구찌로 머리부터 발끝까지 감아보는 게 소원이에요. 근데 내 주머니 사정은 뻔하고…… 이 디자인…… 언니가 진짜 갖고 싶어하던 거거든요. 흑흑, 낼모레가 언니 생일인데 이번이 마지막 생일이 될지도 몰라요."

보은의 커다란 눈에서 눈물 한 방울이 또르륵 굴러떨어졌다. 왼손에는 털보 형님이 건네준 종잇장, 오른손에는 빨간 팬티를 쥔 창수가 왼손과 오른손을 번갈아보며 망설였다. 잠시 후 창수는 오른손을 내밀었다.

"자요."

"정말요? 고맙습니다!"

보은이 꾸벅 인사하며 호호호 웃었다. 그런데 그 웃음이 너무도 간드러졌나 보다.

"잠깐!"

창수가 돌아서서 카운터로 가는 보은의 어깨를 잡았다.

"언니가 백혈병인 거 정말 맞아요? 나한테도 이거 정말 중요한 건데……. 이 속옷 한 장에 수십 명의 밥줄이 걸려 있어요."

도대체 짝퉁 속옷 한 장에 한 명도 아니고 수십 명의 밥줄이 걸린 일이 뭐 있겠어, 하는 생각이 들었지만 남자의 진지한 얼굴을 보자 보은은 양심이 찔렸다.

"휴, 좋아요, 그럼. 우리 이성적이고 합리적으로…… 가위바위보 어때요?"

보은이 한숨을 훅 내쉬며 말했다.

"진 사람은 두말없이 물러나기. 오케이?"

"오케이."

창수는 두 손을 위아래로 흔들며 손목의 긴장을 풀었다. 보은은 속옷 세트를 매대 위에 내려놓고 양손을 맞잡아 한 번 꼬고서 오른쪽 눈으로 가져갔다. 그리고 승리의 사인을 찾아

왼눈을 감고 오른쪽 눈을 가느다랗게 떴다.

"가위, 바위……."

"……보!"

"예스!"

보은이 오른손을 주먹 쥐고 세리머니를 하며 두 발을 방방 굴렀다. 도저히 있을 수 없는 일이라는 듯 창수가 인상을 우그러뜨렸다.

"거참, 한 번 이긴 거 갖고……. 자, 가위바위……."

"왜 화장실 갈 때랑 나올 때랑 달라요? 딴소리하기 없기로 해놓고서는……."

"아니, 한국인이면 당연히 삼세판이죠! 상식이잖아요, 상식!"

"인생은 원래 한판 승부거든요!"

보은은 냉큼 매대 위 빨간 팬티를 집어 들었다. 창수는 마음이 급해졌다. 절대반지를 놓고 빈손으로 돌아갈 수는 없었다. 정말 소품 하나로 크랭크인이 미뤄지기라도 한다면 안 그래도 빠듯한 제작비에 구멍이 날지도 몰랐다.

"그러지 말고……."

창수가 다급하게 보은을 붙잡으려는데 어깨에 멘 보은의 백에서 아이돌 그룹 엔젤스위트의 상징이 달랑거렸다. 하트에 천사의 날개가 달린 액세서리로, 얼마 전 엔젤스위트가 열혈 팬들 천 명에게만 선물했다던 거였다. 미진이 그 천 명에 들지 못했다며 어찌나 제 팬심을 반성하며 우울해하던지 덕분에 창수는 술값 꽤나 날렸더랬다.

"어? 저기 엔젤스위트의 리더 이현서다!"

창수가 창밖을 가리켰다.

엔젤스위트? 더구나 이현서라고?

"어디, 어디?"

보은이 목을 빼며 창밖에 정신이 팔려 있는 순간, 창수는 보은의 손가락에서 빨간 팬티 세트를 빼내 계산대로 달려갔다. 그리고는 지갑에서 지폐를 꺼내 카운터 위에 턱 올려놓고는 "잔돈은 저 아가씨한테 줘요" 하며 잽싸게 거리로 튀어나갔다. 보은이 기가 막혀 문 밖으로 뒤쫓아 나갔지만, 창수는 벌써 저만치 멀어지고 있었다.

"야, 거기 안 서! 치사한……."

"동생, 내가 커피 한잔 샀으니까 기분 좋게 양보해요!"

창수는 자랑스럽게 빨간 팬티가 든 쇼핑백을 흔들어 보이고는 골목길을 돌아 사라졌다.

쳇.

보은은 어이가 없어 고개를 절레절레 저었다. 캣츠걸이 빨간색을 조심하라더니 바로 저 남자를 조심하라는 거였나? 첫 고객의 머스트 해브를 지켜내지 못한 보은은 스타일리스트로서 자존심이 구겨졌다. 사이즈가 없다는 궁색한 변명을 마련해 놓고 보은은 통화 버튼을 눌렀다.

"블루마린님……."

"안 그래도 전화하려던 참이었는데…… 아무래도 하얀 게 나을 것 같아요. 빨간 건 끌리긴 한데 입을 자신이 없네요."

"예스!"

보은은 통화를 끝내고 주먹 쥔 두 손을 위아래로 흔들며 가볍게 빙그르르 돌았다. 그러고는 얼굴 가득 미소를 띤 채 매장 안으로 들어가 하얀 프릴 속옷 세트를 카드로 계산했다. 상품과 카드를 받아 들고 보은이 오른손을 점원에게 내밀었다. 점원이 멀뚱멀뚱 계산대 위에 놓인 보은의 손바닥을 내려다보았다.

"거스름돈요. 방금 그 남자가 잔돈은 나한테 주라고 했잖아요."

"아."

점원은 그제야 알았다는 듯 새침하게 고개를 끄덕였다.

"엥? 커피 한잔 샀다더니 자판기 커피였어?"

손바닥에 놓인 백 원짜리 동전 세 개를 보고 보은이 투덜거렸다.

*

"다녀왔습니다!"

창수가 득의양양하게 속옷 꾸러미를 들고 사무실에 들어서

자 너구리를 잡는 매캐한 담배 연기가 그를 맞았다. 소파에서 털보 형님과 조감독이 담배를 피우고 있었다. 이상했다. 얼마 전에 결혼에 골인한 조감독은 신혼의 달콤함을 무기로 금연을 종용하는 아내의 성화에 못 이겨 담배 끊기에 돌입했다. 그런 까닭에 누가 담배를 꺼내기만 해도 정색하며 잔소리를 늘어놓았는데 지금은 골초인 털보 형님과 함께 맞담배를 줄줄이 피우고 있었다. 얼마나 피워댔는지 사무실 안 공기는 숨이 막힐 지경이었다. 분위기도 무겁게 가라앉아 몇 시간 전 사무실을 나올 때와는 사뭇 달랐다. 한쪽 구석에서 미진이 손수건으로 눈물을 찍어내고 있었다.

"왔냐?"

털보 형님이 창수를 보며 심드렁하게 말했다.

"속옷 사 왔어요."

창수가 가방에서 빨간 팬티와 브래지어를 꺼냈다.

"도로 반납해라."

"네?"

"이부장이 제작비 들고 토꼈다."

"뭐라고요?"

창수의 얼굴이 사색이 되었다.

"나쁜 새끼, 양심도 없는 놈, 이 일에 걸린 입이 몇인데…… 토껴?"

털보가 구시렁거리며 내뿜는 담배 연기가 창수의 얼굴을 때렸다. 창수는 한 대 얻어맞은 표정으로 되물었다.

"이부장님이 토……껴요?"

"님은 무슨…… 놈이지. 그 자식 때문에 투자를 고려했던 한사장도 발을 뺐다고!"

조감독은 생각만으로도 혈압이 돋는지 목울대를 울리며 소리쳤다.

"내 돈…… 100만 원!"

창수가 귀신이라도 본 것처럼 안색이 하얘져서 중얼거렸다.

"뭐야? 너도 이부장한테 돈 빌려줬어?"

창수는 대답 대신 고개를 끄덕였다.

"허어, 참…… 벼룩의 간까지 빼갔구면. 쯧쯧."

털보가 혀를 끌끌 찼다. 창수는 급히 휴대폰을 꺼내 이부장의 번호를 찾아 전화를 걸었다. 한두 번 신호음이 가는 듯하더니 곧 아리따운 목소리의 아가씨가 상냥하게 '없는 번호'라고 알려주었다.

"이주 계획했더라고. 조감독이 이부장 집에 갔더니 며칠 전에 방 뺐다고 하더라. 젠장, 얼마나 어렵게 받은 투자인데 그걸 들고 날라!"

털보가 담배 연기를 뻐끔 내뱉으며 한숨을 푹 쉬었다.

"그럼 어떻게 되는 거예요? 영화는?"

"제작비 다시 마련해 찍어야지. 정감독님이 지금 백방으로 알아보고 있으니까 당분간 집에서 대기하고 있어."

조감독이 분연히 말했지만 털보 형님은 말없이 고개만 저을 뿐이었다.

이렇게 또 엎어지는 건가?

돈 안 되는 독립 영화라 정감독 인맥으로 겨우겨우 명목만 유지할 만큼 어렵사리 모은 제작비였다. 자금을 관리하던 이 부장이 그걸 갖고 튀었으니 영화는 숏에 들어가 보지도 못하고 막을 내리게 되었다.

밑 빠진 독에 물 붓기 식으로 힘만 잔뜩 빼다가 엎어진 영화가 벌써 세 번째다. 제대로 촬영에 들어가지도 못한 까닭에 그동안 일한 작업비를 건지기도 요원할 터였다.

"돌아가는 사정 봐서 전화 줄 테니까 이만 들어가 봐라."

속옷을 반품하러 왔는데 가게는 문이 꼭 닫혀 있었다. 옆 가게에 물으니 구청에서 갑자기 단속이 나와 문을 닫았다나.

'이런 걸 뭐라더라? 머피의 법칙?'

수중에는 달랑 6,700원이 전부였다. 속옷을 사느라 가진 현금을 모두 썼다. 일하다 필요한 게 있으면 먼저 제 돈으로 사고 나중에 비용을 청구하곤 했다. 그 덕에 일이 꼬여 졸지에 빈털터리가 되었다.

통장은 굳이 찍어보지 않아도 빈 깡통이었다. 며칠 전에 있는 돈을 모두 끌어모아 이부장에게 빌려주었다. 술 한잔 마시자며 불러내서는 어머니가 암이라 치료비가 이만저만이 아니라면서 닭똥 같은 눈물을 흘리기에 이달의 생활비였지만 흔쾌히 빌려주었다. 월말이면 작업비도 나올 테니 보름 동안은 안 먹고 안 입고 안 싸고 안 쓰자, 라고 작정했다.

그런데 뭐? 토꼈다고?

인생에 반칙을 당해 또 한 번 잽을 얻어맞았다. 하지만 그게 뭐 대수랴.

창수는 자신에게 잽을 날린 인생의 반칙왕을 눈앞에 둔 듯 두 손을 주먹 쥐고 러닝 스텝을 밟았다. 그러면서 스텝에 맞추어 강하게 원투펀치를 날렸다.

"하하하, 맛이 어떠냐? 짜식, 까불고 있어!"

창수는 반칙왕이 나동그라지는 걸 보면서 호탕하게 웃었다. 그때 휴대폰이 울렸다.

"여보세요?"

"어디냐? 니 에미 생일인 거 안 잊었제? 어여 온나. 삼겹살 넉넉히 사다 놨으니 맥주나 두어 병 사 온나."

윽! 방심하는 사이 또다시 반칙왕에게 한 방 얻어맞았다.

창수는 지금 간다며 아버지에게 대답하고는 전화를 끊었다.

어쩌나, 어머니 생일 선물!

통장은 빈 깡통, 주머니엔 단돈 6,700원! 카드 없는 현찰 인생이기에 기분 좋게 그으며 웃고 월말에 카드 값에 우는 코미디도 못 한다.

하지만 연타로 잽을 얻어맞아도 쓰러지지만 않으면 경기는 계속되는 법. 창수는 워킹 스텝으로 앞으로 나아가면서 '잽 잽, 펀치!'를 날렸다.

"이것이 뭐시여?"

'쓸데없이 선물은 무신……' 하면서 쑥스럽게 웃음을 짓던 손여사는 종이 백에서 코딱지만 한 빨간 천 쪼가리를 꺼내고서 눈을 휘둥그렇게 떴다. 평생 꽃집을 운영하느라 장미 가시에 찔리고 줄기와 잎에 베여 두텁게 인이 배긴 투박한 손에 망사 팬티가 민망스럽게 걸려 있었다.

"인제 엄마도 싸고 튼튼한 것만 찾지 말고 이런 것도 입고 그래. 아, 이쁘네! 손여사, 입으면 그림 죽이겠는데!"

창수가 엄마 손에서 빨간 망사 팬티를 집어 들고는 양손의 엄지와 집게손가락으로 속옷을 활짝 펼쳐 보이며 너스레를 떨었다.

"으이그, 뭔 짓이여? 남우세스럽게!"

손여사가 창수의 손을 툭 쳤다. 얼굴이 뻘게진 채 민연해서 차마 팬티를 똑바로 쳐다보지 못하고 곁눈으로 흘끔거린다.

"에이, 손여사 좋으면서 그런다!"

"좋긴 뭐가 좋아! 속이 훤히 비치는 데다 이게 뭐여, 끈 쪼가리 달랑 있는 걸 남우세스러워서 워캐 입는댜? 난 안 입을란다. 도로 가져가!"

"그러지 말고 한번 입어봐요. 속에다 입는데 누가 본다고!

자고로 패션의 시작은 속옷이라니까. 만져봐, 엄마. 감촉 좋잖
아!"

창수는 손여사의 꺼칠꺼칠한 손을 잡아다 팬티의 보드라
운 천에 갖다 댔다. 손여사가 갑자기 창수의 등짝을 철퍼덕
때렸다.

"요거시 영화 한답시고 맨 돌아뎅기기만 하더니 헛짓거리
만 늘었네. 누가 너더러 요로코롬 요사스러운 거 들고 다니
려? 뭐, 감촉이 어쩌고저쩌? 당장 가게에 가서 물리고 니 앞가
림이나 잘혀!"

이제는 손여사의 양 볼이 홍당무처럼 빨갛다.

"아니, 좋게 말로 하지 왜 귀한 아들 등짝을 때리고 그래?"

모자의 실랑이를 옆에서 가만히 보고 있던 아버지가 한소리
했다.

"보기 좋기만 하구만. 이쁘고 거 뭐시다냐…… 섹……."

"섹시하고?"

창수가 아버지의 말을 받았다.

"그래, 그거. 섹시허고."

"아무튼 난 안 입을 테니까. 그리 알어!"

손여사는 빈 다과상을 들고 일어나며 말했다.

설거지를 마치고 창수는 부엌을 나왔다. 마루에서 신발을
꿰어 신고 있는데 아버지가 뒤따라 나와 창수의 호주머니에
슬그머니 용돈을 찔러주었다.

"아버지, 저도 돈 벌어요."

창수가 호주머니에서 돈을 꺼내 도로 건네려 하자 아버지가 손사래를 쳤다.

"됐어. 넣어둬. 니 에미 성격 뻔히 알면서 저런 선물 가져온 거 보면 니 주머니 사정도 빤하고만. ……힘들쟈?"

"……."

"원래 꿈이란 게 멀고 높은 법이여. 그러니까 빛나고 좋아 보이는 거 아니겄냐. 니 뒤에는 나랑 니 에미가 있으니까 맘껏 달려봐. 꿈도 젊을 적에야 쫓지 나이 먹으면 기력 딸려서 쫓고 싶어도 못 쫓아. 힘들면 언제든지 쉬러 오고."

"아버지……."

하루의 악운을 모두 떨쳐주는 아버지의 말에 창수는 가슴이 먹먹해져서 말을 삼켰다.

"흠흠, 그건 그렇고…… 뭐시다냐, 거 패션의 시작인가 뭔가 어딨냐?"

아버지가 안방의 눈치를 살피며 창수의 귓가에 속삭이듯 물었다.

"가방에…… 왜요?"

창수가 고개를 갸웃했다.

"이리 내놔라."

"예? 엄마 안 입을 텐데……."

"넌 신경 끄고. 입고 안 입고는 다 내 하기 나름이여. 흠흠."

창수는 배시시 웃으며 가방에서 종이 백을 꺼내 아버지에게 건넸다. 아버지는 종이 백을 받아 슬그머니 뒷짐을 졌다. 그러고는 쑥스러운지 먼 산 보듯 헛기침을 했다.

"그럼 쉬세요. 어머니, 저 갈게요!"

창수는 열린 문틈으로 이모와 통화하고 있는 어머니를 향해 인사했다.

"왜 벌써 가? 아직 9시밖에 안 됐고만. 자고 가지?"

어머니가 전화 통화를 하다 말고 나와 말했다.

"가서 내일을 준비해야죠."

"그려. 끼니 거르지 말고."

귀찮아도 밥은 꼭 챙겨 먹어라, 차 조심해라…… 어머니는 미주알고주알 잔소리가 많았다. 밥공기 그득 담긴 하얀 쌀밥만큼이나 배가 든든해지는 어머니의 잔소리를 가슴에 품고 창수는 집을 나왔다. 골목 끝 가로등에 희뿌연 초승달이 걸려 있었다.

창수는 손을 늘어 엄지와 검지를 맞댔다. 동그라미 안으로 초승달이 쏙 들어왔다. 내일 또 내일, 저 달은 조금씩 차올라 둥근 보름달이 되리라. 그리고 언젠가 창수도 휘영청 밝은 보름달처럼 가득 차오르겠지.

내일 또 내일.

2
똥차와 벤츠

붉은소국 • 당신을사랑합니다

"첫 만남에 속옷이 스쳤는데 그게 보통 인연이겠어? 왜 그
런 말 있잖아, 속옷이 스치면 연인이 된다!"

지순의 엉뚱한 말에 캐러멜 마끼아또를 한 모금 들이켜던
보은이 사레가 걸려 콜록거렸다. 블루마린을 기다리면서 어제
있었던 황당한 일을 이야기하던 참이었다.

"얘가, 어디다 갖다 붙여? 나는 일편단심 민규 오빠 거 몰
라?"

"안다, 알아. 열여섯 이팔청춘부터 한결같이 10년째 해바라
기하는 거. 그러니까 말하는 거야. 10년을 만났는데 아직 입
한 번 안 맞춰봤으면 게임 끝이지."

"그래도 손은 잡아봤다 뭐……."

보은이 볼을 불룩하게 부풀리며 말했다.

"그게 뭐 대수라고? 저기요, 이리 잠깐 와보실래요?"

지순이 말하다 말고 카페 안쪽에 있는 파란 조끼를 입은 남자에게 소리쳤다. 카페 안에서는 남자 둘과 여자 하나가 부산하게 움직이며 여자의 마음을 사로잡으려는 한 남자의 기념비적인 이벤트를 위해 열심히 떡밥을 설치하고 있는 중이었다. 초를 하트 모양으로 늘어놓고 있던 파란 조끼는 주위를 둘러보더니 '저요?' 하는 손짓으로 자기를 가리켰다. 파란 조끼가 머뭇거리며 카페 밖 파라솔 테이블로 다가오자 지순이 갑자기 남자의 손을 덥석 잡고 가볍게 흔들었다. 그러자 신기하게도 청년의 얼굴이 아슴아슴해졌다. 양 볼이 붉어지더니 얼굴 전체가 봉숭아 물을 들인 듯 벌겋게 물들었다.

"자 봐, 손은 누구라도 잡을 수 있거든?"

지순이 마침내 파란 조끼의 손을 놓고서 말했다.

"고마워요. 가서 일 보세요."

지순이 툭 내뱉자 파란 조끼는 뻐끔뻐끔 입술을 움직여 뭔가 말하려다가 제자리로 놀아갔다.

"민규 오빠가 점잖아서 그래. 후훗!"

사랑과 감기는 숨길 수 없다더니 오매불망 짝사랑하는 님의 이름을 입에 올리자마자 보은의 눈은 꿈꾸듯 초점을 잃었고 볼에는 화사한 복숭아꽃이 피었다.

"봐, 이번에 제주도로 출장 가서 보낸 문자도 얼마나 로맨틱한데……"

보은은 얼마 전에 온 문자를 지순에게 보여주며 말했다.

제주도의 햇살은 맑고 투명해서 꼭 너를 떠올리게 해. 지금은 저녁이야. 보석처럼 반짝이는 푸른 바다 위로 하늘이 온통 황금빛으로 젖어 있어. 이 아름다운 바다를 너에게 실어 보낸다. 실바람이 네 머리카락을 흔들면 나인 줄 알아줘…….

금빛 노을이 진 아름다운 바다 사진 위로 문자가 파도처럼 흘렀다.

"이 자식, 또 지랄을 한다."

지순이 휴대폰을 탁 내려놓으며 보은을 한심한 듯 쳐다보았다.

"소보은, 넌 어떻게 10년이 넘도록 학습이 안 되니? 진짜 나쁜 놈이 누군 줄 아니? 대놓고 이 여자, 저 여자 집적대는 바람둥이? 아니야, 김민규, 이 자식처럼 나 먹기는 싫고 남 주기는 아깝다고 어장 관리하며 희망 고문하는 놈이지. 이런 놈들이 꼭 로맨틱한 척, 착한 척 주접을 떨어요."

"아냐, 민규 오빠 그런 사람 아냐! 아빠가 돌아가셨을 때……."

"그래. 비 맞으며 거리를 걷고 있는데 그치가 우산 씌워주며 몇 시간 같이 걸어주었다고? 게다가 헤어질 때는 너 우산 씌워주느라 한쪽 어깨가 함빡 젖어 있었다는 거? 그걸로 10년을 우려먹기에는 유통 기한이 너무 길지 않니? 이놈 이렇게 문자 보내면서 너한테 말로만 감정 질질 흘리는 거 널 사랑해서가 아니라 자백이라서 그래. 로맨틱한 자신을 사랑하는 나르시시스트라고! 애인이 돈을 뻥땅하든 손찌검을 하든 다 자기를 사랑해서라고 합리화하는 여자들 한심하지? 근데 너도 그러고 있어. 이런 걸 심리학 용어로 뭐라는 줄 아니? 바로 인지 부조화라고 해!"

"또, 또 심리학 강의 나서신다. 김지순, 블루마린님 올 시간 됐으니까 일절만 하자."

"그래. 나도 입 아프니까 이만 끝내마. 근데 부디 그놈의 첫사랑, 이제 박제해서 박물관에 좀 전시해 놔라. 정 심심하면 가끔씩 추억으로나 꺼내 보라고……."

지순이 답답해서 가슴을 쳤다. 소보은, 이 가시나는 차도녀에 여우처럼 생겨가지고 행동하는 건 순해 빠진 곰탱이였다. 게다가 고집은 왜 그리 황소고집인지 몇 년 동안 잔소리를 해도 김민규 교(敎)에 대한 믿음은 조금도 흔들림이 없었다.

"블루마린님! 여기예요, 여기!"

긴 파마머리의 여자가 가슴에 요크셔테리어를 안고 오는 모습을 보며 보은이 반갑게 손을 흔들었다. 지순은 두 사람이 편하게 일 얘기를 하도록 자리를 피해주며 카페 안으로 들어갔다. 보은이 속옷과 원피스가 든 쇼핑백을 블루마린에게 건넸다.

"실물로 보니까 이 원피스 맘에 쏙 들어요. 은은한 살굿빛 시폰 원단에 목에 달린 진주, 게다가 허리선을 살린 셔링까지…… 참 청순한 아이네요."

블루마린이 원피스의 원단을 손으로 어루만지며 말했다.

"그렇죠? 오늘 집에 가서 입어보시고 수선이 필요하면 말씀해 주세요."

"고마워요, 보은 씨. 덕분에 그이에게 최고의 모습을 보일 수 있게 되었어요."

블루마린이 보은의 손등에 자신의 손을 가만히 얹었다. 보은이 싱긋 웃음 지었다.

"그런데 오늘은 손님이 없네요?"

블루마린이 카페 안쪽으로 시선을 돌리며 말했다. 지순의 가게, 스윗 소로우는 아기자기한 인테리어와 향 좋은 커피, 그리고 지순의 오지랖 넓은 심리 상담 때문에 마니아까지 있을 정도로 인기가 많았다.

"이벤트가 있어서 하루 대여해 주었어요. 여자 친구를 위해서 남자가 깜짝 이벤트를 하려나 봐요."

"어머!"

"한번 보실래요?"

카페 안은 한창 부산했다. 아까 두 남자를 보디가드처럼 양옆에 거느리고 당당히 카페로 들어섰던 젊은 여사장은 파란 조끼와 두꺼비같이 생긴 아저씨 사이를 오가며 바쁘게 지시를 내리고 있었다. 검은 머리의 패리스 힐튼이라고 할까. 할리우드의 악동이자 뛰어난 사업가인 패리스 힐튼을 닮은 외모에 늘씬한 몸매, 자신감 넘치는 태도가 인상적인 여자였다.

"꽃길 밟지 않도록 조심하세요!"

보은이 문을 열자 패리스 힐튼이 주의를 주었다. 입구에서부터 연인들이 다정하게 앉아 차를 마실 테이블 정중앙까지 장미꽃잎으로 만든 꽃길이 놓여 있었다. 꽃길 양쪽에는 초가 일렬로 줄지어 있었는데 테이블을 중심으로 하트 모양을 이루었다.

색색의 풍선과 귀여운 인형으로 화려하게 장식된 벽에는 'Happy birthday to you, 수정아 사랑해!' 라는 글이 커다랗게 쓰여 있었다.

"저…… 앰프를 연결해야 하는데 콘센트는 어디에 있습니까?"

한쪽에서 앰프와 전자기타를 만지작거리던 파란 조끼가 보은에게 다가와 물었다.

"글쎄요, 지순아 콘센트 어디에 있어?"

"저기 행운목 있죠? 거기 뒤에 있어요."

카운터 가까이 서서 지순이 대답했다. 파란 조끼는 앰프의 선을 당겨 행운목 뒤에 있는 콘센트에 플러그를 꽂았다. 그러고는 다시 보은에게 다가와 물었다.

"바깥에 있는 파키라 화분을 실내로 가져와 장식을 했으면 하는데 괜찮겠습니까?"

"여기 주인은 저기 저 아가씨예요. 뻔히 아시면서 왜 자꾸 내게 물어요? ……아, 그렇지. 후훗 내가 좀 매력 있긴 하죠…….”

보은이 이유를 알 만하다는 듯 고개를 끄덕였다.

“호호, 그게 아니라 영탄 씨는 예쁜 여자한테는 말 한마디 못 하거든요. 그래서 자꾸 그쪽한테 말을 거는 거예요.”

패리스 힐튼이 때리는 시어머니 옆에서 말리는 시누이처럼 끼어들었다.

“네? 농담이죠?”

보은이 어이가 없어 맹하니 되묻는데 블루마린이 ‘풋’ 하고 웃었다. 더불어 힐튼의 말에 확인 도장을 찍듯 파란 조끼의 얼굴이 새빨간 당근으로 익어버렸다.

세상은 참 이래서 공평하다니까.

객관적으로 말해서 지순은 예쁘다기보다는 개성 있는 얼굴이었다. 그에 비해 보은은 요즘도 시내에 나가면 열에 두세 번은 연예인 해볼 생각이 없느냐는 제안을 받았고, 무릎이 튀어나온 후줄근한 추리닝을 입고 슈퍼에 나가도 남자들한테서 명함을 건네받았다.

암, 짚신도 짝이 있고 제 눈에 안경이지. 그래야 인류가 멸종하지 않는 거 아니겠어?

실러가 말했다. 태양이 빛나는 한 희망도 빛난다. 창수가 지하철 역사를 나오자 태양은 이미 져서 어스름이 깔려 있었지만 창수의 가슴속에는 희망의 별이 뜨고 있었다. 아침 일찍부터 일을 찾아 부지런을 떨었다. 단기간에 돈이 될 만한 아르바이트를 검색해 이력서를 넣었고 몇몇 지인들에게 좋은 일자리가 있으면 소개 좀 시켜달라고 부탁도 해놓았다. 그러던 중 중학교 동창 유선에게서 급한 헬프 요청을 받았다. 유선은 올봄에 〈해피투게더〉라는 이벤트 회사를 차리고 야심차게 전력투구 중이었다.

한쪽 문이 닫히면 다른 쪽 문이 열린다고 하더니 역시 죽으라는 법은 없다. 아버지에게서 용돈을 받은 데다 몇 시간뿐이지만 구원 투수로 일거리가 들어왔으니 한 보름쯤 생활비는 번 셈이다. 새 일을 찾기에 보름이면 충분하다.

"응, 지금 지하철역 나왔어. 3번 출구? 그래, 얼른 갈게."

유선이 알려준 대로 편의점을 끼고 골목길을 돌자 작고 아담한 커피숍이 보였다. 문을 열고 한 발 떼는데 "꽃길 밟지 마!"라는 경고가 날아왔다. 창수는 장미꽃잎으로 수놓인 길을 깡충 뛰어 가까스로 피했지만 급작스런 경로 수정에 그만 다리가 꼬이고 말았다. 중심을 잃고 휘청대면서 무의식중에 몸을 지탱할 것을 찾아 손으로 허공을 긁었다. 손가락에 길고 가느다란 것이 잡혔으나 창수를 지켜주기엔 너무 약했다. 창수는 물귀신처럼 그것을 잡고 함께 나동그라졌다.

"아야야야!"

커다란 비명과 함께 무언가 창수의 가슴을 무겁게 짓눌렀다.

“아이 씨, 복날도 지났는데 왜 멀쩡한 남의 머리카락을 뽑으려 들어요?”

창수의 가슴에 코를 처박고 쓰러진 보은이 짜증스럽게 고개를 들며 민둥산이 될 뻔한 제 머리를 만지작거렸다. 하도 아파서 눈물이 찔끔 났다.

“미안합…… 어?”

“어?”

창수와 보은의 눈이 마주치며 동시에 휘둥그레졌다.

“빨간 팬티!”

“빨간 팬티!”

누가 먼저랄 것도 없이 ‘빨간 팬티’를 외쳤다. 기막힌 우연에 대한 충격이 가시고 나자 창수는 보은이 아직도 제 가슴에 손을 댄 채 자기를 내려다보고 있다는 걸 깨달았다. 닿을 듯 말 듯 제 볼을 간질이는 보드라운 긴 생머리, 달빛처럼 하얀 얼굴, 놀라 둥그렇게 뜬 눈, 살짝 벌어진 살구색 입술…… 창수는 갑자기 둘이서 몸을 반쯤 겹치고 있다는 사실을 뼈저리게 느끼고는 급 어색해져서 보은을 툭 밀고 일어났다. 그 바람에 보은이 엉덩방아를 찧었다.

“아, 미안해요. 괜찮아요?”

“됐어요. 병 주고 약 주고…… 장난해요?”

창수가 내민 손을 보은이 탁 치고 일어나며 쫑알거렸다.

“장난이긴? 그냥 사고죠.”

창수가 싱글싱글 웃으며 대꾸했다. 그러고는 혼잣말을 하듯 작게 덧붙였다.

"아니, 인과응본가?"

"뭐, 인과응보?"

"들었어요? 거참, 소머즈 귀일세. 어제 그쪽이 내 뒤통수를 후려친 일이 오늘의 결과를 낳았다…… 뭐, 부메랑 효과죠."

"기가 막혀! 변태처럼 빨간 팬티 하나에 목숨 걸…… 어버버……."

보은이 도끼눈을 뜨고 창수에게 따지려는데 지순이 뒤에서 다가와 보은의 입을 막고는 카운터 쪽으로 끌고 갔다.

"뭐? 변태?"

창수가 받아쳤지만 보은은 이미 입이 결박당한 채 압송되어 가는 포로였다. 질질 끌려 멀어지는 보은을 힐끗거리며 유선이 창수에게 물었다.

"둘이 아는 사이야? 빨간 팬티? 그게 뭔데?"

"으……응, 아무것도 아냐."

어찌 '빨간 팬티의 추억'을 입으로 옮길 수 있으리!

"시간 없다. 어서 일해야지. 꽃은 준비됐지?"

"아, 풰풰! 무슨 짓이야?"

지순이 손을 놓아주자마자 보은이 입을 닦으며 짜증스럽게 말했다.

"넌 나한테 나중에 고맙다고 그래."

지순이 빙긋 웃으며 말했다.

"뭐?"

"내가 말했잖아? 둘이 보통 인연이 아니라고! 하루에 두 번이나 우연히 만나고 그것도 모자라 다음 날 또 만나는 게 확률적으로 얼마나 되겠어? 봐, 속옷이 스치면 연인이 된다니까! 넌 나한테서 방금 미래의 연인에게 이미지 구김 방지권을 하사받은 거라고!"

보은은 기가 막혀서 코웃음을 팽 쳤다. 지순은 논리적이고 이지적인 타입인데 간혹 지금처럼 생각이 4차원으로 궤도 이탈을 하곤 했다.

"됐어, 저 남자랑 엮일 생각도 없지만 아침 댓바람부터 여자 속옷을 사 갈 정도면 애인 있겠지."

"얘는? 골키퍼 있다고 골 안 들어가니? 자고로 용기 있는 여자가 미남을 차지하는 법, 내 남자다 싶으면 과감히 공을 날리는 거야!"

그러며 보은의 옆구리를 쿡 찌르고서 지순이 은근히 말했다.

"기집애, 앙큼하긴. 너, 속옷 강탈극 얘기할 때 저치가 잘생겼다는 사실은 왜 쏙 뺐니? 남자 손이 섹시하다는 건 처음 느낀다. 꽃꽂이하는 남자라…… 꽤 매력적이네!"

지순은 카운터에서 턱을 괴고 넋을 빼며 창수를 보았다.

창수는 연인들을 위한 테이블을 꾸밀 토피어리를 만들고 있었다. 소국, 장미, 그린 카네이션, 라넨큘러스 등이 창수의 손에서 예술로 피어났다.

"잘생기긴 뭐가 잘생겨? 허여멀건 해가지고 평범하고만. 게다가 결정적으로 매너가 글러먹었어."

"흐흐, 매너는 가르치면 되지. 거참 훈훈하네……."

지순이 눈을 가늘게 뜨고 연신 흐뭇한 미소를 지었다. 보은도 창수에게 시선을 돌렸다. 지순이 잘생겼다를 연발할 정도로 정말 잘생겼나 세세히 뜯어보았지만 역시 잘 모르겠다.

이래서 정말 세상은 제 눈에 안경이라니까!

"네가 예뻐서 말도 못 걸고 애타 하는 순수남은 어떡하고?"

아닌 게 아니라 영탄이라는 이름의 파란 조끼는 일하며 틈틈이 지순을 힐끔거리고 있었다.

"호호호, 말도 못 하는 남자와 어떻게 연애를 하겠어? 그야말로 그림의 떡이고 여우의 신 포도지."

쿨하게 싹을 잘라내는 지순을 보며 보은은 영탄에게 측은한 눈길을 보냈다.

"역시 네 솜씬 여전하구나! 덕분에 〈해피투게더〉의 위신이 살았다. 우리랑 작업하던 플로리스트는 실력은 좋은데 연애 조울증이 너무 심해서 남자 친구랑 좀만 싸웠다 하면 연락 두절이라니까. 어제까지 멀쩡히 통화가 됐는데 약속 시간이 되

어도 안 나타나지, 전화는 안 받지…… 정말 간담이 서늘해지
더라."

"그래도 다른 플로리스트들도 있었을 텐데 용케 나한테 전
화할 생각을 했네."

"……네 솜씨…… 끝내주잖아."

유선은 속이 뜨끔했다.

올봄, 동창회 모임 때 창수는 영화 촬영 현장 얘기를 하면서
눈을 반짝였더랬다. 아침 점심 저녁을 라면으로 때우고 낡은
잠바 하나로 사계절을 나도 전혀 아무렇지 않은 듯 창수는 햇
살에 반사되는 물비늘처럼 눈부셨다. 밤하늘의 북극성같이 빛
나는 창수의 눈을 보며 유선은 저도 모르게 내뱉었다.

"우리……사귈까?"

그 말을 입 밖에 내고 나서 유선은 곧장 후회했다. 중학교
때 창수를 잠깐 좋아한 적이 있지만 그건 세상 물정 모르는
어릴 적 치기였다. 인생을 위로 향하는 에스컬레이터로만 살
아온 엄친딸 유선에게 꿈을 좇는다는 명분하에 반백수로 지
내는 창수는 수직으로 하강하는 엘리베이터였다.

"호호, 농담이야. 우리 아버지 의사, 변호사…… 줄줄이 대
기시켜 놓고 날 시집 못 보내 안달이시거든. 여자가 무슨 사업
이냐며……."

눈을 둥그렇게 뜨고 끔벅거리는 창수를 보며 유선이 얼버무
렸다.

"하하, 그래? 우리 둘이 사귀면 느이 아버지 얼굴 볼 만하겠
는데?"

"내 말이……."

유선이 맞장구치며 웃었다. 그때 창수가 입구에서 두리번거
리고 있는 수정에게 손을 흔들어 보였다.

"여, 이수정! 여기다."

수정이 까딱 인사하며 동창들이 모인 테이블로 다가와 멀리
떨어진 빈자리에 앉자 창수는 제 맥주잔을 들고 쏙 가버렸다.

"창수, 쟤, 수정이 좋아하는 거 같지 않아? 다른 여자 애들
한테는 데면데면하게 굴어도 수정이한테만은 친절하더라."

건너편에 앉아 있던 친구가 유선에게 속삭였다. 수정과 잔
을 부딪치는 창수를 보며 유선은 복잡 미묘한 표정을 지었다.

"바쁜 일 없지? 괜찮다면 이벤트 끝나는 거 기다려줄래? 오
랜만인데 일 끝나고 한잔하자."

유선은 완성된 토피어리를 연인들의 테이블에 옮겨놓으며,
남은 꽃들을 정리하고 있는 창수에게 말했다.

"한잔? 좋지."

창수가 고개를 끄덕였다.

"이번 이벤트…… 재미있을 거야. 이벤트 주인공을 보면 깜
짝 놀랄걸!"

"내가 아는 사람이야?"

창수의 호기심 어린 시선이 유선의 얼굴에 머물렀다가 그녀의 뒤 벽 쪽으로 향했다. '수정아, 사랑해!'라는 글이 눈에 들어왔다.

"……수정이?"

유선은 대답 대신 고개를 끄덕이며 창수를 보았다. 그러나 그에게서 감정의 흔들림은 찾을 수 없었다.

블루마린과 두꺼비 아저씨가 커피숍을 떠나자 실내에는 영탄과 창수, 지순과 보은, 유선만이 남았다. 유선과 창수는 카페 한쪽에서 지순이 끓여준 카페모카를 홀짝이고 있었고 지순과 보은은 전자기타의 줄을 고르며 음을 맞추고 있는 영탄을 기대에 차서 바라보았다.

"신청곡 받아요?"

영탄이 〈당신은 사랑받기 위해〉를 감미롭게 연주하고 나자 지순이 물었다. 영탄은 얼굴을 발갛게 물들이며 고개를 끄덕였다.

"김현철의 〈춘천 가는 기차〉요."

춘천 가는 기차는 나를 데리고 가네
오월의 내 사랑이 숨 쉬는 곳
지금은 눈이 내린 끝없는 철길 위에
초라한 내 모습만 이 길을 따라가네

영탄의 목소리는 맑고 투명했다. 부드러운 기타 음에 실려 오는 노랫소리는 지순과 보은의 가슴속에 파고들어 흠뻑 젖어들었다.

"영탄 씨, 의뢰인이 이쪽으로 오고 있대. 준비해."

유선이 휴대폰을 확인하며 자리에서 일어났다. 그 소리에 기타의 선율이 뚝 멈추었다. 경춘선에 올라 철컹철컹 기차 소리에 맞추어 여행을 떠나던 지순이 아쉬운 한숨을 쉬었다.

"창수야, 밖은 내가 맡을 테니 괜찮다면 폭죽 좀 맡아줄래? 영탄 씨는 폭죽이 터지는 동시에 생일 축하곡을 연주해 줘."

유선이 각자에게 역할을 분담했다. 지순과 보은은 꿔다놓은 보릿자루처럼 어슬렁거리고 있기 뭐해서 밖으로 나왔다. 보은이 파라솔에 앉아 오늘의 주인공을 기다리며 거리를 살폈다. 한 연인이 다정하게 손을 잡고 골목길을 걸어오고 있었다.

"저 여자 좀 이상하지 않아?"

보은이 지순에게 소곤거렸다.

"뭘, 예쁘기만 하고만. 후후, 너 저 여자, 질투하니? 이벤트 해 주는 남친이 부러워서 결점이라도 찾아 비뚤어진 자기만 족 좀 하려고?"

"또, 비비 꼬인 이상한 심리 분석 들어간다. 저기 뒤에 저 여자 말이야. 연인들 말고……."

과연 연인들과 20여 미터 뒤떨어져서 한 여자가 걸어오고 있었다. 거리가 어두워 얼굴 표정은 잘 보이지 않았지만 앞서 걷고 있는 두 연인을 뚫어져라 보고 있는 건 느낌으로도 알수 있었다. 여자는 휘청휘청 허정허정 빨리 걸었다 느리게 걸었다, 걸음걸이에 갈피가 없었다.

"그러네."

지순이 고개를 끄덕였다. 연인들은 손을 잡고 웃으면서 곧장 카페 쪽으로 왔다. 남자가 카페의 문손잡이를 잡고 막 열려는 참이었다.

"이정훈, 이 나쁜 새끼!"

뒤따라오던 여자가 뚝 멈추어 서서 악을 쓰듯 외쳤다. 그 소리에 카페로 들어서려던 남녀가 뒤돌아보았다.

"은……지야……."

남자가 여자 친구를 잡고 있던 손을 스르륵 풀며 안색이 하얗게 질려 더듬거렸다.

"……네가 여긴 어떻게?"

그때 팡 팡 소리가 나며 폭죽이 터지면서 열린 문틈으로 종이 꽃가루가 날렸다. 동시에 "생일 축하합니다, 당신의 생일을 축하합니다……" 하는 노랫소리가 흘러나왔다.

일순, 지구의 자전과 공전이 뚝 멈춘 듯 분위기가 싸하게 얼어붙었다. 카페 안에서 리모컨과 폭죽을 들고 문이 열리는 신호에 따라 '레디 액션'에 들어갔던 유선 일행은 뒤늦게야 사태를 알고 입을 멍하니 벌린 채 멀뚱멀뚱 서 있었다.

멈춰버린 시간을 다시 움직인 건 남자의 퍼스트 애인인 은 지었다.

"중요한 고객이랑 미팅이 있다더니…… 넌 고객이랑 팔짱 끼고 다니니?"

"은지야, 그게 아니고……."

애써 포커페이스를 유지하고 있던 은지의 얼굴이 한순간에 무너지더니 두 눈에 눈물이 그렁그렁 맺혔다. 은지는 더 이상 참지 못하고 얼굴을 감싸고는 뒤돌아 달려갔다.

"은……지야!"

"정훈 씨!"

남자가 애인의 이름을 애타게 부르며 몇 발짝 떼는데 세컨드 애인이 양다리를 불렀다.

"헤어지겠다고 했잖아. 차라리 잘됐어. 그냥 가게 놔둬."

세컨드 애인이 침착한 목소리로 말했다.

정훈은 퍼스트 애인이 달려 나간 골목길과 이쪽을 번갈아보며 망설였다.

"수정아, 미안해. 잠깐만 기다리고 있어. 얼른 달래서 택시 태워 보내고 올게."

정훈은 수정을 남겨두고 바람처럼 골목길을 달렸다.

"은지야…… 은지야…… 은……."

곧 정훈의 모습이 길모퉁이로 사라졌다. 그런데도 그가 애인을 애타게 부르는 소리가 잔영처럼 바람결에 실려 왔다.

은지의 등장에도 침착한 태도로 남자 친구를 대하던 수정은 입술을 꾹 깨물고 손을 주먹 쥐고서 애인이 사라진 골목길을 바라보며 한참 동안 서 있었다. 보은이 어떻게든 해보라는 듯 지순의 옆구리를 툭 쳤다. 지순이 머뭇거리며 수정에게 다가가는데 안에서 유선이 수정의 손을 이끌었다.

"수정아, 이러고 있지 말고…… 안으로 들어와서 기다려."

"유선아……."

그제야 친구의 존재를 알아챈 수정은 놀람과 당혹, 부끄러움이 섞인 눈으로 유선을 멍하니 보았다. 수정이 장미꽃잎이 펼쳐진 길 앞에서 우뚝 멈추어 섰다. 그녀의 시선이 꽃길을 둘러싸고 있는 은은한 촛불들을 따라 하트에 이르렀다. 그리고 벽에 쓰여 있는 '수정아, 사랑해' 라는 글에 가 멎었다. 수정은 이내 어깨를 떨며 흐느끼기 시작했다.

거울 속 여자의 얼굴은 꼴불견이었다. 하얗게 질린 뺨에는 눈물에 번진 마스카라가 까맣게 비를 긋고 있었다. 수정은 핸드백에서 티슈를 꺼내 눈물 자국을 닦고 파운데이션으로 화장을 고쳤다.

"괜찮아?"

똑똑 노크 소리와 함께 유선이 들어왔다. 수정은 물기 어린 눈을 애써 감추었다.

"어떻게 된 거야? 왜 너하고 창수가……."

젖은 눈은 가려도 젖은 목은 가리지 못했다. 수정은 목소리에 울음기가 어리자 말을 삼켰다.

"이정훈 씨가 우리 회사에 이벤트를 의뢰해 왔어. 창수는 도와주러 왔고……."

"그렇구나…… 너희들한테 못 볼 꼴 보였다. 방금 전 일은 없었던 걸로 해줘. ……이만 나가봐야겠다. 정훈 씨 와 있을 거야."

그러나 카페 안 어디에도 정훈의 그림자는 보이지 않았다. 수정은 낙담한 채 휴대폰을 만지작거리며 창밖을 내다보았다. 창수는 수정을 배려해 한쪽에 정물처럼 있었다. 카페 안 시계가 똑딱똑딱 소리를 냈다. 초조한 기색으로 왔다 갔다 하는 수정의 구두 소리가 실내에 흐르는 긴장을 더했다. 마침내 용기를 낸 듯 수정은 정훈에게 전화를 걸었다. 하지만 몇 번을 걸어도 신호만 갈 뿐 응답이 없었다.

"왜 안 받는 거야? 택시만 태워 보낸다고 하고선!"

수정은 원망스럽게 휴대폰을 내려다보았다. 문가로 가 유리 너머로 애인의 흔적을 찾으며 수정이 중얼거렸다.

"온다…… 안 온다…… 온다…… 안 온다……."

미친 여자처럼 혼자서 중얼중얼하던 수정이 갑자기 뒤돌아서서 물었다.

"그 사람 오겠지?"

"……."

"그렇지? 꼭 오겠지?"

수정은 애원하듯 창수를 바라보았다.

"……."

우연히 말려든 이 이상한 상황에 모두는 꿀 먹은 벙어리가 되었다.

남자가 한 여자를 두고 다른 여자를 쫓아나갔다. 이 사실이 가리키는 답은 한 가지였다. 하지만 누구나 뻔히 알 수 있는 대답에 '사랑'이라는 감정이 끼어들면 예측불가가 된다. 아니, 사랑하는 이의 몸짓 하나 말 한마디도 좋은 쪽으로 해석하고자 하는 인지 오류가 생긴다. 그러기에 사랑하면 할수록 아픔은 점점 커진다.

"진실을 원해? 아니면 위로를 원해?"

이윽고 창수가 말했다.

"진실?"

수정이 이해할 수 없다는 얼굴로 고개를 갸웃하며 되물었다.

"그래. 진실……."

"무슨 소리야? 넌 우리에 대해서 아무것도 모르잖아?"

"그래. 너희 둘이 어떻게 만났고 어떻게 사랑해 왔는지 아무것도 몰라. 하지만 앞뒤 상황 자르고 방금 일만 두고 결론을 내리자면…… 그 남자는 너에게 반하지 않았어."

"……."

수정이 입술을 아프도록 깨물었다.

사랑에 빠지면 그 또는 그녀가 나를 사랑하지 않는다는 사실을 인정하기보다는 내가 더 잘하면, 내가 더 사랑하면 사랑받을 수 있을 거라 믿는다. 그리고 점점 더 사랑에 매달린다. 하지만 그럴수록 사랑이 주는 고통은 더욱더 커진다. 창수는 수정이 그 고통의 수렁 속으로 들어가는 게 안타까웠다.

"그 남자는 너를 사랑하지 않아. 아니, 백 번 양보해서 널 조금은 사랑할지도 모르지. 하지만…… 그 남자는 은지라는 아가씨를 더 사랑해."

수정의 얼굴이 하얗게 질렸다. 핏기가 머리끝에서부터 발끝으로 파도처럼 쓸려 나가는 게 보이는 듯했다.

'으이그, 매정한 놈! 그렇게까지 확인 사살을 할 필요는 없잖아!'

보은은 금방이라도 쓰러질 듯한 수정을 안타깝게 보고서 창수를 가볍게 흘겼다.

"우리는 집안끼리 잘 아는 사이였어요. 부모님들이 막역했죠. 하지만 우리들은 별로 친하지 않았어요. 그저 얼굴만 아는 정도? 그런데 작년 겨울에 스키를 타다가 잘못해서 코스를 벗어나게 되었어요. 설상가상으로 다리에 쥐가 나서 오도 가도 못 하고 있었는데 지나가던 정훈 씨가 도움을 주었죠. 당시에는 정훈 씨도 나도 서로 안면이 있는 사이라는 걸 몰랐어요. 나중에 사실을 알고 재밌는 인연이라며 신기해했죠. 그일로 부모님들과 함께 식사도 하면서 몇 번 더 만나게 되었고……."

그들은 테이블에 둘러앉아 수정이 풀어놓는 이야기에 귀를 기울였다. 테이블 위에 놓인 와인 병은 바닥을 보이고 있었다. 지순은 냉장고에 보관해 둔 맥주와 안줏거리들을 모두 꺼내 왔다.

수정은 정훈에게 여자 친구가 있었던 사실, 그리고 편모에 보잘것없는 집안 출신인 은지를 정훈의 부모님이 반대했다는 이야기를 했다.

"정훈 씨 부모님은 그 여자에 대해 알고는 적극적으로 우리 사이를 밀어주었어요. 난 자신이 있었어요. 미모도 학력도 집 안도 그 어느 것 하나 빠지지 않았으니까…… 그 여자에게서 정훈 씨 마음을 빼앗는 건 쉬운 일이라고 생각했어요. 정훈 씨 는 처음에는 부모님 등쌀에 떠밀려 나를 만났지만 차차 내게 마음이 기울었죠. 그래서 올봄에는 그 여자와 헤어지겠다고 약속했어요."

"아니, 여름 다 지나가고 이제 가을인데 헤어지는 데 뭔 뜸 을 그렇게 들였대요?"

보은이 답답하다는 듯이 말했다.

"헤어지자니까 그 여자가 자살 소동을 벌였다고 정훈 씨가 말했어요. 잘못했다간 송장 치르겠다며 정훈 씨는 차차 정을 떼게 만들겠다고 했죠. 나는 그 말을 철석같이 믿었어요. 그런 데 오늘 보니 그 여자…… 내 존재조차 까맣게 몰랐나 보네요.”

수정이 맥없이 미소 지었다.

“전형적인 나쁜 남자네, 그 남자!”

지순이 땅콩을 으적거리며 말했다.

“그래서 1년이 다 되도록 양다리를 묵인해 주고 그 옆에서 내내 가슴 졸인 거야?”

유선이 안타까운 어조로 물었다.

“그럼 어떡해? 좋아하는데…… 그 사람도 날 좋아한다고 했어. 그 여자랑 헤어진다고 약속까지 했다고!”

“말인들 뭘 못 할까? 입만 벌리면 되는 일이니 말로는 하늘의 별도 달도 다 따줄 수 있지. 내 참, 여자들, 나쁜 남자 욕하지만 남자 탓만 할 거 없어. 그런 남자를 좋아하는 건 여자들이니까!”

창수가 혀를 쯧쯧 찼다.

“난…… 이제 어떻게 하지?”

수정은 정말 모르겠다는 얼굴로 고개를 떨어뜨렸다.

“어떻게 하긴요? 정신 차리고 쓰레기 분리수거해야죠. 그 남자, 당장 버려요! 당장!”

보은이 말했다.

“김광석도…… 노래했어요. 너무 가슴 아픈 사랑은 사랑이 아니라고…….”

긴 침묵을 지키고 있던 영탄이 수줍게 입을 열었다.

"수정아, 남자는 진짜 사랑하는 여자한테는 불안 따위 심어주지 않아. 남자는 사랑하는 여자의 마음에는 확신을 심어주지. 너한테 불안만 심어주는 남자…… 이제 그만 놓아줘."

나직한 창수의 목소리는 설득력이 있었다.

"가슴이 찢어질 것 같아. 난…… 그 사람 없이는 안 되는데…… 다시는 사랑할 수…… 없을 거야."

수정이 두 손에 얼굴을 묻었다. 숨 죽여 우는 수정의 어깨가 가느다랗게 떨렸다. 잠시 침묵이 흘렀다. 누구도 말을 꺼낼 수 없었다. 한 번쯤 사랑에 눈물 흘려본 사람이라면 지금 수정이 느끼고 있는 감정을 너무도 잘 알기에…… 그 어떤 말로도 위로가 되지 않는 아픔임을 미루어 짐작할 수 있기에…….

사랑이 끝나면 세상이 끝나는 것처럼 고통스럽다. 숨 쉬는 것조차 아픈, 가슴을 쥐어뜯는 듯한 고통. 하지만 사랑이 끝난다고 해서 인생이 끝나지는 않는다. 그렇기에 신은 우리에게 망각이라는 선물을 주었다. 시간이 흐르면 심장에 생긴 상처는 아물고 지나간 사랑의 흔적도 옅어진다.

"바보 같은 소리! 똥차 가면 벤츠 온다잖아요. 사랑이 지나가면 새로운 사랑이 오기 마련이에요. 하지만 조건이 있어요. 지나간 사랑을 놓을 줄 알아야 새로운 사랑도 시작돼요. 뒤에 오는 벤츠가 깜빡이를 켜고 들어오려 해도 수정 씨가 똥차만 보고 있으면 벤츠가 어떻게 들어올 수 있겠어요?"

지순이 덧붙였다.

“하지만…….”

“손 내밀어봐.”

창수의 말에 수정이 한 손을 내밀었다.

“두 손 다. 두 손을 모아서 살짝 오므려봐.”

수정이 양손을 모아 손끝을 오므리자 창수가 와인 병을 집어 들고 남은 와인을 모두 부었다.

“초콜릿 좋아하지?”

창수의 물음에 수정이 고개를 끄덕였다.

“와인을 한 방울도 쏟지 말고 초콜릿을 집어봐.”

수정은 땅콩 옆에 놓인 초콜릿을 집으려 했으나 그럴 때마다 당연히 와인이 쏟아졌다.

“손은 수정이 너고 와인은 그 남자야. 그리고 초콜릿은 미래에 네가 사랑하고 너를 사랑해 줄 남자지. 방금 본 대로 네가 와인을 쏟아버리지 않으면 초콜릿은 결코 집을 수 없어.”

창수는 손수건을 꺼내 수정의 두 손에 고인 와인을 닦아주었다. 그 모습에 유선은 왠지 마음이 무거웠다.

‘왜 이러지? 왜 자꾸 신경이 쓰이지?’

유선은 삿된 생각을 털어버리려는 듯 고개를 저었다.

“자, 이제 그만 자유로워져. 새로운 사랑을 찾아.”

창수가 허리를 숙여 테이블 옆에 치워둔 토피어리를 두 손으로 들었다.

“봐. 참, 예쁘지? 언젠가 이 토피어리보다 더 예쁜 꽃다발을

들고 사랑하는 남자가 수정이 너에게 프러포즈를 할 거야. 그
때 어떤 꽃을 받고 싶어? 생각해 봐."

"백합……."

토피어리를 만들고 남은 꽃들은 지순이 가게에 장식하겠다
며 카운터의 한쪽 구석에 치워두었다. 창수는 카운터로 가 백
합 세 송이를 리본으로 장식해 테이블로 가지고 와서 수정에
게 건넸다.

"진짜 사랑하는 사람하고 결혼 10주년을 기념하는 꽃다발
은 무슨 꽃이었으면 좋겠어?"

"장미."

"오케이."

창수가 미소 지으며 다시 카운터로 갔다. 그가 카운터에서
꼼지락거리는 사이 지순이 보은을 툭 건드리며 소곤거렸다.

"니 애인 후보 꽤 멋진데! 너 정말 관심 없어? 그러면 내가
가진다!"

콜록. 영탄이 맥주를 마시다 사레가 걸려 기침을 했다.

"창수…… 애인 있어요."

유선이 지순을 빤히 보며 말했다.

"네? 정말요?"

지순의 물음에 유선이 고개를 끄덕이자 겨우 기침이 멎은
영탄이 안도의 숨을 훅 내쉬었다.

"괜찮아! 라이벌이 없으면 인생 지루해서 어떻게 사니? 잘

해 봐!"

지순이 보은의 어깨를 툭툭 치며 격려했다.

"됐거든!"

보은이 입술을 삐죽이며 지순의 말을 흘려 넘겼다.

잠시 후 창수가 돌아왔다. 한 손에는 장미로 만든 화려한 꽃
다발을, 다른 한 손에는 가운데를 붉은 소국으로 포인트를 주
고 흰 소국으로 빙 두른 소박한 꽃다발을 들고 있었다.

"자, 결혼 10주년 꽃다발, 그리고 이건 네가 꼬부랑 할머니
가 되어 금혼식을 올릴 때 꼬부랑 할아버지가 줄 꽃다발이야.
하얀 소국의 꽃말은 진실, 성실, 감사…… 붉은 소국은 '당신
을 사랑합니다' 야."

수정은 창수가 건네준 세 꽃다발을 가슴 가득 안았다.

"고마워."

수정의 입가에 어느새 환한 미소가 걸려 있었다.

3
사랑의 정의

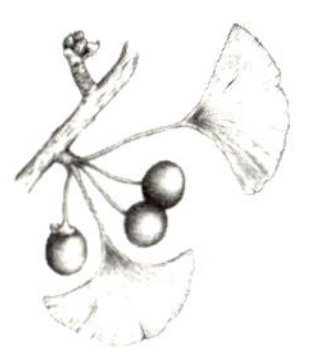

은
행 · 진
혼

뉴욕 지하철 N선이나 R선을 타고 Prince st.역에 내려서 조금만 걸으면 소호 거리가 나온다. 명품 브랜드들의 플래그십 스토어들이 즐비하고 예술과 사랑에 빠진 젊은 청춘들의 작업실과 갤러리들이 보금자리를 틀고 있는 소호 거리에는 멋과 낭만을 아는 뉴요커들을 유혹하는 아기자기한 노천카페들이 많다.

보은은 마티니의 도시 뉴욕, 그리고 거지도 세련되고 시크한 뉴요커로 변신시켜 주는 소호 거리의 어느 카페에서 잘생긴 웨이터가 브런치를 가져다주기를 기다리고 있었다. 아침 햇살은 적당히 따스했고 카페의 노란 나무 벽을 타고 오르는 초록색 담쟁이잎을 실바람이 살랑살랑 흔들며 지나가자 상쾌한 기분이 들었다. 옆자리에는 〈섹스 앤 더 시티〉의 캐리 브래드쇼를 연상시키는 금발머리 여자가 친구들과 쾌활하게 웃으며 수다를 떨고 있었다.

보은은 진한 아메리카노를 한 모금 마시며 여유로운 미소를 지었다. 곧 웨이터복을 말끔하게 차려입은 프랑스 청년이 반짝반짝 빛나는 은쟁반에 구운 소시지, 기름에 튀긴 후 타르타르소스를 얹은 새우튀김, 통밀빵과 스크램블드에그, 시저샐러드 등 보기만 해도 눈이 즐거운 브런치를 들고 나타났다. 웃으면 하얀 덧니가 드러나고 눈부신 미소가 인상적인 청년은 보은 앞에 브런치 접시를 내려놓으며 부드럽게 말을 걸었다.

"마드무아젤…… 팥빙수 주세요."

응? 팥빙수를 달라고?

갑자기 끼어든 팥빙수에 노란색 담장의 아담한 카페도, 금발의 캐리 브래드쇼도, 하얀 덧니가 귀여운 잘생긴 웨이터도 신기루처럼 사라지고 말았다. 대신 보은이 눈을 뜨자 앞에는 블루마린이 웃으며 있었다.

"보은 씨, 뭘 그렇게 넋 놓고 있어요? 몇 번이나 불러도 대답도 없고……"

웨이트리스가 주문을 받고 가자 블루마린이 물었다.

"아……무것도 아니에요, 그냥……"

이국의 낯선 풍경을 머릿속으로 그려보는 것은 보은의 취미 중 하나였다. 오늘은 뉴욕 소호 거리의 카페였지만 어제는 시드니의 오페라하우스였다. 이 게임의 방법은 간단하다. 길을 가다 거리의 작은 분수를 보면 파리 퐁피두 센터의 스트라빈스키 분수를, 집 앞 골목길의 계단을 보면 〈로마의 휴일〉에서 오드리 헵번이 앉아 아이스크림을 먹었던 '스페인의 계단'을 떠올리며 슬며시 미소 짓는 것이다.

블루마린은 보은이 골라준 살구색 시폰 원피스를 입고 있었다. 어깨에 찰랑이는 웨이브 진 머리와 잘 어울리며 청순한 느낌이 묻어났다.

"1주년 기념일은 잘 보내셨어요?"

보은이 눈을 반짝이며 물었다. 블루마린은 가만히 미소만 지었다.

"원피스, 너무 잘 어울려요. 남자 친구분이 다시 한 번 반하지 않았어요?"

"사실은…… 못 만났어요."

"어머! 죄송해요."

"아니에요. 사정이 있어서 그런걸요. 갑자기 응급 환자가 생겨서 재석 씨가 그날 나올 수 없었어요. 오늘, 보은 씨를 보자고 한 건 부탁이 있어서예요."

"말씀만 하세요!"

보은이 발랄하게 대답했다.

"지난번에 스윗 소로우에서 애인을 위해 이벤트를 준비하는 걸 보고 곰곰 생각했어요. 나…… 청혼할까 해요."

"네?"

"재석 씨는 돌싱이에요. 나는 아무렇지도 않은데 그인 그걸 많이 신경 쓰면서 미안해해요. 그이는 날 사랑하지만 아마 결혼하자는 말을 쉽게 꺼내지는 못할 거예요. 그래서 내가 청혼하려고요."

"멋져요. 사랑은 먼저 손을 내밀어주는 거라고 하잖아요. 〈프렌즈〉가 생각나요. 모니카가 챈들러에게 청혼하는 장면을 보고 정말 감동했었죠. 어떤 웨딩드레스가 좋을까? 맡겨만 주세요. 최고의 웨딩드레스를 준비할 테니까!"

"너무 앞서가지 말아요. 정해진 건 아무것도 없는걸요. 내가 부탁하고 싶은 건 청혼 날 입을 재석 씨의 의상이에요. 그날, 재석 씨도 나도 최고의 모습이었으면 좋겠거든요."

잔잔하게 미소 짓는 블루마린에게서 빛이 났다. 햇살에 빛나는 것도, 샹들리에 빛이 반사되는 것도 아닌 블루마린 스스로 발하는 빛이었다.

사랑을 확신하면 여자는 빛이 나는 걸까? 문득 창수의 말이 떠올랐다. 남자는 진짜 사랑하는 여자한테는 불안이 아닌 확신을 심어준다는…….

"블루마린님, 남자 친구분은 마린님한테 확신을 주나요?"

"확신? 어떤 확신?"

블루마린이 되묻자 보은은 말문이 막혔다.

정말 무엇에 관한 확신일까?

그가 나를 사랑한다는 뜨거운 감정에 대한 확신? 그가 내뱉는 꽃 같은 말들이 모두 진심이라는 믿음? 그도 아니면 그의 눈짓, 손짓, 몸짓에서 풍겨 나오는 행동이 오로지 나를 위해 존재한다는 뿌리 깊은 신뢰?

하지만 사랑이 x에 y를 대입하면 자동으로 답이 나오는 그런 간단한 이차방정식이었던가?

"글쎄요. 뭐, 이 사람이 날 사랑하는구나 하는 확신?"

블루마린은 잠시 보은을 빤히 쳐다보았다.

"보은 씨, 사랑에 대한 정의를 내린 적이 있어요?"

"네? 사랑의…… 정의요?"

"그래요. 사랑은 만화경처럼 복잡다단하잖아요. 어떤 사람에게 사랑은 일상의 소소한 일들을 나누며 함께 웃고 함께 울고 함께 기뻐하고 함께 슬퍼하는 거죠. 그런 사람에게 혼자 애타 하고 혼자 그리워하는 짝사랑은 사랑이 아니에요. 반면 어느 날 운명처럼 폭풍같이 들이닥치는 감정의 격랑을 사랑이라고 믿는 사람에게 잔잔한 우정 같은 사랑은 사랑이 아닌 거죠. 보은 씨에게 사랑은 무엇이죠? 그 사랑의 정의에 따라 '사랑하는 이가 주는 확신'은 의미가 사뭇 달라져요."

그러고 보니 한 번도 사랑에 대해 정의 내려본 적이 없다. 사랑을 주제로 한 숱한 영화와 드라마 속에서도 사랑은 그냥 사랑이었지 이러이러한 게 사랑이다, 라는 명백한 정의는 없었다.

막연하게 그를 생각만 해도 가슴이 떨리고 그리움에 마음이

조여들어 아파하고 그러면서도 그로 인해 세상이 기쁨으로
꽉 차고…… 그렇게 감정의 변주 속에서 사랑의 흔적만을 보
았을 뿐이다. 여태껏 그게 사랑이려니 어렴풋이 생각했다.

사랑, 내 사랑의 정의는 무엇일까?

*

"어서 와. 그러잖아도 기다리고 있었어."

창수가 〈해피투게더〉의 사무실 안으로 들어서자 유선이 반
갑게 맞았다. 응접실에는 수정이 이미 도착해서 기다리고 있
었다. 수정의 옆에는 멀대같이 큰 키에 뿔테 안경을 쓴 빠짝
마른 남자가 앉아 있다가, 창수가 들어오자 꾸물꾸물 자리에
서 일어났다. 며칠 동안 통 잠을 못 잤는지 얼굴이 허옇게 일
어나 있었다.

영탄이 커피를 내오며 창수를 보고 싱긋 웃었다. 지순네 가
게에서 새벽까지 술을 마시고 둘이서 2자로 찜질방에서 만리
장성을 쌓은 터였다. 한잠 늘어지게 자고 일어나니 머리맡에
는 맥반석 계란 하나와 얼린 요구르트, 그리고 "형, 먼저 가
요"라는 메모가 남겨져 있었다. 하룻밤 정도 정이라고 며칠
만에 영탄을 보자 창수도 반가웠다.

"수정이한테 말씀 많이 들었습니다."

영탄이 나가며 문을 닫자 뿔테 안경이 말했다.

"덕분에 정훈 씨랑 잘 이별할 수 있었어. 그 얘길 했더니 사촌 오빠가 널 꼭 만나고 싶다고 해서……."

수정이 말을 받았다.

"제 여자 친군 예쁘고 착하고 작은 일에도 활짝 웃고……아주 좋은 여자죠. 흠 많은 절 순수하게 사랑해 주는…… 저한테는 아주 과분한 사람이에요. 그래서 여자 친구에 대한 제 맘이 더 애틋하고요. 수정이한테 들으니 당신은 아프지 않게 이별하도록 도와준다더군요……."

뿔테 안경의 목소리는 점점 잠겨들었다.

"여자 친구분에 대한 마음이 애틋하다면서 왜 이별을?"

창수가 물었다.

"어머니 때문에요. 울 어머니…… 저를 누구보다 사랑하시지만…… 도가 넘치세요. 저는 요즘 여자들이 싫어하는 소위 개천용이에요. 빈한한 집안에 홀어머니, 장남…… 안 좋은 조건은 다 갖췄죠. 어머니는 제가 열 살 때 아버지를 여의고 저 하나만 보고 사셨어요. 미인이어서 좋은 재혼 자리도 많이 들어왔는데 귀한 자식 눈칫밥 먹일까 다 거절하셨죠. 우리 어머닌 겨우 페이 닥터에 불과한 당신 아들이 하늘보다 더 높은 줄 알아요. 그래서 지금 여자 친구가 맘에 안 차서 눈엣가시처럼 여기죠. 전요, 여자 친구를 사랑하지만 저만 바라보며 살아오신 어머니를 저버릴 수가 없어요. 그리고 여자 친구가 저 때문에 불행에 빠지는 건 상상도 하기 싫습니다. 전 이미 한 여자를 불행하게 했습니다. 또다시 그 과정을 반복하는 건……
못할 짓이에요. 너무 사랑하지만…… 그녀의 행복을 위해서
라도…… 놓아주는 게 맞는 것 같습니다……."

뿔테 안경은 코끝이 시큰한지 흘러내리지도 않은 안경을 치
켜 올렸다.

"어때? 할 수 있겠어?"

뿔테 안경이 잠시 자리를 비운 사이 수정이 창수에게 물었다.

"우리 오빠…… 여자 친구와 상처 없이 이별하고 싶은가
봐. 오빠는 네가 이 일을 맡아주기를 원해."

"글쎄, 이런 일은 해본 적이 없어서……."

"스윗 소로우에서 나한테 했던 것처럼만 하면 돼. 그리고 부
탁이 있는데……."

수정은 유선을 힐끗 보고 나서 말했다.

"네가 정훈 씨를 한번 만나줄 수 있겠니?"

창수는 뜻밖의 부탁에 의아해서 수정을 보았다.

"이별을 선언했다고 해서 바로 이별할 수 있는 건 아닌 것
같아. 그동안 쌓아온 추억만큼 둘 사이에 이런저런 얽혀 있는
문제들이 많거든. 예를 들어 할인 때문에 같이 쓰던 커플 폰의
명의 변경이라든가, 여행 가려고 함께 모으던 적금 통장 같은
거……. 이런 게 깨끗이 해결되기 전까지 완전한 이별이 아닌
거지. 난 이제 정훈 씨 얼굴 보고 싶지 않아. 말을 섞고 싶지도

않고. 그 사람 얼굴을 다시 보고 목소리를 들으면…… 마음이
흔들릴지도 모르니까."

"하지만 그건 너무 개인적인 일이잖아. 창수가 네 비서도 아
니고."

유선이 끼어들었다.

"좋아."

창수는 흔쾌히 고개를 끄덕였다. 수정을 보면 누나가 떠올
랐다. 특히 수정이 웃을 때 눈이 가늘어지며 초승달처럼 변하
는 게 누나를 닮았다. 그래서 창수는 수정이 항상 웃었으면 좋
겠다.

"창수야!"

기껏 생각해서 말해 준 사람 무안하게 창수가 대뜸 수락을
하자 유선은 뜨악한 눈으로 창수를 흘겼다.

'정말 수정이를 좋아하나?'

하지만 그게 무슨 상관이랴. 유선에게는 근사한 남자 친구
가 있었다. 스탠퍼드에서 MBA 과정을 이수하고 젊은 나이에
벌써 S그룹 과장 직함을 달고 있는 전도양양한 엄친아였다.
이모의 소개로 만나게 된 그는 팔짱을 끼고 거리를 걸으면 명
품같이 빛났다.

동대문에 흔하게 굴러다니는 짝퉁도 못 되는 창수와 백화점
명품관에 당당히 자리를 차지하고도 남을 남자 친구는 감히
비교할 바가 아니다.

그런데…….

왜 자꾸 신경이 쓰이는 것일까?

유선은 그 이유를 찾기라도 하듯 창수를 빤히 바라보았다.

사례비를 넉넉히 준다는 말에 일단 고개를 끄덕이고 나왔지만 창수는 과연 상처 없는 이별이 가능할까, 하고 생각했다. 이별은 고하는 쪽이나 듣는 쪽이나 사랑했던 무게만큼 힘든 법이지만 듣는 쪽이 더 가슴 아리다. 결국 모든 이별은 일방적이다. 그러기에 이별을 통보받는 순간, 심장에 구멍이 뚫리며 피가 철철 흐른다.

창수는 자기 인생에서 지독히도 아팠던 첫 번째 이별을 떠올렸다. 그해는 유난히 눈이 많았다. 10년 만의 폭설이라며 언론에서는 호들갑을 떨었고 그 기록도 연일 갈아치우던 겨울이었다. 창수는 동장군의 입김에 쏘여 지독한 감기에 걸렸다. 열이 39도나 오른 채 식은땀을 뻘뻘 흘리면서 비몽사몽 중에도 엄마가 언제나 올까 생각했더랬다. 그날은 인근에 있는 중학교와 고등학교의 졸업식 날이라 부모님은 일찍부터 가게에 나갔다. 모처럼 대목을 놓칠 수 없어서 엄마는 누나에게 신신당부하며 떨어지지 않는 발길을 떼었다. 두 살 터울 진 누나는 창수 옆에 꼭 붙어 안타까운 듯 "많이 아파?" 하고 묻곤 했다.

"조금이라도 먹어, 응?"

점심때 엄마가 쑤어놓은 죽을 데워 온 누나가 창수의 입에 수저를 대며 말했다. 하지만 창수는 입안이 까끌까끌해 한 숟가락도 넘기지 못했다.

"밥을 먹어야 얼른 낫지."

누나는 몇 번이나 죽을 떠주었지만 창수는 도리질을 쳤다.

"그럼 배 먹을래? 배가 감기에 좋대."

누나는 배며 과자며 아껴두었던 사탕까지 꺼내 내밀었다. 하지만 역시 창수는 고개를 내저을 뿐이었다.

"그럼 뭐가 먹고 싶은데? 먹고 싶은 거 없어? 응? 말해 봐."

"……호떡……."

창수는 호떡이 생각났다. 학교가 파하고 나면 꼬불쳐 두었던 용돈으로 사서 집에 오는 길 내내 한입씩 아껴가며 야금야금 먹었던 쫄깃쫄깃한 호떡. 계피와 땅콩이 든 꿀물에 잡채와 야채 소를 넣은, 야채꿀떡이었다.

집 앞 큰길에서 작게 호떡 장사를 하는 성구 할머니는 덩치가 산만 한 손자를 데리고 호떡을 구웠다. 하나밖에 없는 딸년이 여섯 살 난 아들을 놓고 야반도주한 이후로 할머니는 비가 오나 눈이 오나 하루도 빠짐없이 손자와 함께 호떡을 뒤집었다. 성구는 나이만 먹었지 지능은 어린애였다. 그런 성구가 제일 좋아하는 음식이 꿀호떡과 야채호떡을 섞어 만든 야채꿀떡이었다.

"호떡? 호떡이 먹고 싶어?"

"응. 성구 할머니…… 야채꿀떡."

"알았어. 금방 사 올 테니까 그거 먹고 죽도 먹는 거다!"

누나는 잠바와 목도리를 걸치며 말했다. 마루에서 신발을 꿰어 신고 혼자 두고 가는 어린 동생이 걱정돼 문틈으로 내다보고는 "조금만 기다려, 금방 올게" 하곤 찬바람이 들어갈까 문을 몇 번이고 꼭꼭 닫았다. 얼른 다녀오려는 듯 뜀박질하던 누나의 발소리를 들으며 창수는 까무룩 잠이 들었다.

얼마나 시간이 지났을까? 차가운 느낌에 살포시 잠에서 깨었다. 창수의 얼굴 위로 뚝뚝 물방울이 떨어졌다. 엄마가 창수 이마의 땀을 닦아주며 비 오듯 눈물을 흘리고 있었다. 밖은 칠흑같이 어두웠고 방에는 창수와 엄마뿐이었다.

"엄마…… 누나는? 호떡…… 사 왔어?"

창수의 물음에 엄마는 목 놓아 서럽게 울었다.

다음 날, 창수는 누나가 죽었다는 걸 알게 되었다. 녹색불에 길을 건너던 누나를 한 자동차가 달려와 덮쳤다고 한다. 현장을 목격한 슈퍼마켓 아줌마의 말에 의하면 오른손에 하얀 종이 봉지를 꼭 쉬고 있었다고…….

겨우 열두 살. 장래 영화감독이 꿈이었던 소녀. 아픈 동생을 위해 호떡을 사러 나갔던 누나는 그렇게 이별을 고했다.

*

"어둔 골목길을 두 분이서 나란히 걷고 있는데 말입니다. 건장한 남자 두셋이 앞을 가로막는 거죠. 남자들은 통행료를 내라며 시비를 걸고 여친이 예쁘네 어쩌네 치근덕거리죠. 당신은 처음에는 맞서는 시늉을 하다가 혼자 줄행랑을 치는 겁니다."

며칠 후, 창수는 상처 없는 이별 이벤트에 대한 첫 브리핑을 시작했다. 뿔테 안경은 어이가 없는지 창수를 빤히 쳐다보았다.

"예?"

"그럼 이건 어떤가요? 스케줄을 미리 알아두었다가 여자 친구분이 나타날 만한 장소에 다른 여자랑 다정하게 팔짱을 끼면서 닭살 짓을 하는 겁니다. 이른바 바람피우는 현장을 들키는 거죠."

"뭐요? 당신! 지금 나랑 장난하는 거야?"

뿔테 안경이 자리에서 벌떡 일어나 창수의 멱살을 거머쥐었다. 얼굴이 하얀 편이던 뿔테 안경은 끓어오르는 열기로 인해 볼이 발갛게 상기되어 있었다. 창수는 뿔테 안경의 눈을 차분하게 들여다보며 말을 이었다.

"여자 친구분이 이별의 상처를 오래 남기지 않기를 바라지 않았습니까? 상처를 남기지 않는 이별은 없어요. 특히 차이는 경우는 더욱더. 미련을 남기기보다는 사랑하는 사람에 대해 실망하는 쪽이 상처도 빨리 아물죠. 어머니 때문이든 어쨌든 결국 당신이 여자 친구분을 차는 게 사실이죠. 착한 남자로 남고픈 생각은 당신 욕심입니다."

　창수의 먹살을 쥐던 손이 스르륵 풀렸다. 가슴을 찌르는 뼈 아픈 말에 뿔테 안경이 고개를 떨어뜨렸다. 창수는 먼지를 털어내듯 목의 옷깃을 툭툭 정리했다.

　"사랑할 때는 저돌적이던 남자들…… 이별 앞에서는 소심하게 주저하고 망설이죠. 남자들은 절대 '이별'을 먼저 입에 올리지 않아요. 왜냐고 물으면 여자가 상처받을까 봐, 라고 핑계를 대죠. 근데 그거 악어의 눈물 같은 거예요. 좋은 남자, 착한 남자인 척하면서 여자 친구 말을 건성으로 듣고, 데이트 약속도 뜸해지고, 전화 연락도 먼저 하는 법이 없죠. 행동으로는 온갖 이별 신호를 보내놓고 입으로 '이별'을 말하지 않았으니 상처 주지 않았다고 스스로 위안하는 겁니다. 하지만 남자가 이별 신호를 보낼 때마다 여자는 속이 까맣게 타들어갑니다. '내가 뭔가 잘못했나?', '더 잘하면 괜찮아질까?' 자책과 헛된 희망을 반복하면서 여자는 점점 지쳐가죠. 그리고 마침내 흐지부지 이별하게 되는 겁니다. 그런데 애매모호한 결별 이유만큼 실연의 상처를 깊게 하는 것도 없어요. 그러니 착한 남자? 절대 될 생각 마세요. 상처 없는 이별? 그런 거 없습니다."

　뿔테 안경은 창백한 얼굴로 자리에 털썩 주저앉은 채 창수를 바라보며 물었다.

　"그럼 난…… 어떻게…… 하죠?"

　"솔직해지셔야죠. 자신에게도…… 여자 친구에게도……."

창수가 단호히 말했다.

*

사진으로 보았을 때 블루마린의 어깨에 살포시 손을 얹고 환히 웃는 재석은 개구쟁이 같았다. 하지만 실물로 보니 하얀 얼굴에 어딘지 우수에 찬 눈빛, 입가에 머금고 있는 여린 미소가 손을 꼭 잡아주고 싶은 느낌마저 들게 했다.

"나중에 만날 때 줘도 되는데 괜히 번거롭게 발걸음하게 했네요."

재석이 보은이 건넨 종이 백을 만지작거리며 말했다.

"후훗, 열어보면 그런 말씀 쏙 들어가실걸요."

보은이 싱긋 웃었다. 재석은 종이 백을 들여다보았다. 분홍 보자기로 싼 상자가 들어 있었다.

"응급실 당직이어서 제대로 끼니 못 챙길까 걱정하더라고요. 언니가 일 때문에 직접 올 시간이 안 되어 발 동동 구르던 걸 제가 냉큼 받아 왔지요."

보자기를 꺼내 풀어보니 4단 찬합에 유부초밥과 과일이 먹음직스럽게 칸칸이 놓여 있었다. 재석의 눈가가 설핏 불그스름해졌다. 재석은 분위기를 바꾸려는 듯 서둘러 찬합을 닫고 보자기로 묶어 백에 넣었다.

"후배라면 학교 후배?"

"아니요. 그냥 인터넷 동호회 후배예요. 시추를 키운 지 얼마 안 됐거든요. 덕분에 언니 도움 많이 받았어요."

블루마린은 애견 숍을 운영하고 있었다. 배변 가리기부터 목욕, 산책 등 하나에서 열까지 궁금한 게 있을 때마다 카톡을 날리면 블루마린은 귀찮아하지 않고 꼬박꼬박 답변해 주었다.

보은은 청혼 날, 최고의 모습이었으면 한다는 블루마린의 희망에 따라 재석의 체격과 풍기는 분위기를 체크할 겸 심부름을 핑계로 예림 병원에 들렀다. 사진만으로는 그 사람에게 어울리는 스타일을 찾기가 쉽지 않다. 이렇듯 직접 만나봐야 이미지가 샘처럼 솟아오른다.

'아이보리와 브라운 색으로 부드럽고 지적인 느낌을 살리면 좋겠어. 정장은 너무 딱딱해 보일 테니까 와이셔츠에 체크 조끼, 그리고 캐주얼 재킷으로 활기찬 느낌을 주고…….'

보은은 머릿속으로 스타일을 완성하며 스트로로 오렌지 주스를 바닥이 드러나도록 쪽 빨았다.

"언니가 패러글라이딩을 탔다며 굉장히 기뻐하던데요? 언젠가 영화에서 보고 꼭 한 번 타보고 싶다던 걸 기억해 주었다며…… 이대로 시간이 멈추었으면 좋았을 만큼 즐거웠다고……. 저한테도 다음에 한번 꼭 같이 가자고 했어요."

재석은 흐릿한 미소를 지었다가 자리에서 일어났다. 보은도 따라 일어났다.

"이제 가봐야 할 것 같아요. 도시락 가져다주어서 정말 고마워요.”

“다음에 언니랑 같이 봐요.”

순간 재석의 안색이 흐려졌다.

“그래요. 다……음에.”

의례적인 대답을 한 후 재석은 누군가에게 쫓기기라도 하는 양 바삐 카페테리아를 나갔다.

체크 완료! 남친분 너무 잘생겼어요! 최다니엘 같아!

보은이 블루마린에게 문자를 보내고 병원을 나서는데 딩동 답문자가 왔다.

소 코디님, 잘 부탁해요. ^^

보은은 휴대폰을 내려다보며 빙긋 미소 지었다. 누군가에게 인정받는다는 건 가슴에 풍선을 하나 달아놓은 것 같다. 풍선을 따라 마음이 하늘 높이높이 올라간다.

참, 지순이가 쿠키 굽는 거 돕고 싶대요. 카페에 오븐도 있고 재료도 있으니 저녁 11시쯤에는 언제든 시간 괜찮다고…….

(>.<) 정말요? 좋죠!!!! 스윗 소로우에서 제일 좋아하는 게 지순 씨

가 구운 초코 쿠키인걸요!!!!!

블루마린은 기쁘다는 표현으로 느낌표를 몇 개나 덧붙여 보내왔다. 2주 후인 대망의 디데이, 블루마린이 계획한 이벤트는 소박했지만 낭만적이었다.

그날, 그들은 운명적인 첫 만남이 있었던 카페에서 함께 간단히 저녁을 먹을 예정이다. 음식을 다 먹을 때쯤 주인이 서비스라며 포춘쿠키를 내온다. 물론 쿠키는 블루마린이 직접 구워 주인에게 미리 건네준 것이다. 아마도 그 쿠키엔 흔하지만 특별한 한마디가 쓰여 있으리라.

당신을 사랑합니다. 나와 결혼해 주세요.

거리의 나무들이 가을빛을 머금기 시작했다. 버스를 기다리며 노랗게 물들어가는 은행나무를 바라보면서 보은은 나도 저리 물들고 싶다고 생각했다. 한 점 다른 색은 두지 아니하고 오직 샛노랗게 물드는 은행잎은 순애보를 간직한 처녀 같다. 상처에 대한 두려움도 의심도 없이 오롯이 사랑만을 품고 첫사랑에 퐁당 빠져드는 어린 소녀같이.

버스에 올라 끝쪽 두 번째 좌석에 앉았다. 창밖을 내다보자 두꺼운 창을 뚫고 햇살이 따스하게 내리쬐었다.

언젠가 보은이 지하철을 타고 어둔 창을 말없이 바라보고 있을 때였다. 열차가 땅속을 뚫고 달리다가 어느 사이 지상으로 나와 노란 개나리 밭을 지나친 적이 있다. 그때 까맣기만 하던 네모난 유리창이 온통 샛노랗게 물들며 세상이 환해졌다. 1, 2초밖에 안 되는 짧은 순간이었지만 그 순간, 세상이 무채색에서 유채색으로 바뀌는 감동은 보은의 기억 속에서 꽤 오래 강렬한 자극으로 남아 있다.

그 후로 보은은 열차나 버스를 탈 때면 물끄러미 창밖을 내다보는 게 버릇이 되었다. 어둡고 칙칙한 회색의 톤이 생기 있고 발랄한 노랑으로 바뀌는 그 우연은 단 한 번밖에 찾아오지 않았지만 강한 금단 현상을 일으키며 다음의 우연을 하염없이 기다리게 만들었다. 어쩌면 사랑도 이처럼 이유 없는 중독인지 모른다. 한 번 중독되면 자신도 모르게 그 사람을 해바라기하며 한없이 바라만 보고 있게 만드는…….

버스가 펜스로 둘러싸여 있는 남대문을 돌아 시청 쪽으로 향했다. 수년 후 남대문이 옛 모습 그대로 완벽히 복원되어 공개된다면 그건 남대문일까? 남대문이 아닐까?

어떻게 정의하느냐에 따라 새 남대문은 남대문이 될 수도 있고 아닐 수도 있다. 보은은 '여기에도 정의가 필요하구나' 하고 생각했다.

창밖 거리에는 그리운 집을 향해 강물을 거슬러 오르는 은어 떼처럼 사람들이 바삐 걸음을 옮기고 있었다.

'민규 오빠?'

퇴근길 인파 속에서 언뜻 민규를 본 것 같았다. 보은은 뒤돌아 고개를 쭉 뺐다. 뒷모습이 낯익은 한 남자가 여자와 팔짱을 끼고 걸어가고 있었다. 보은은 가방을 들고 서둘러 자리에서 일어났다.

"아저씨, 잠시만요! 저 좀 내려주세요!"

STOP 버튼을 누르며 보은이 큰 소리로 외쳤지만 버스 기사는 "정류장이 아니면 승하차를 할 수 없습니다"고 말하면서 묵묵히 운전을 계속했다. 버스는 몇 분 동안 달리다가 다음 정거장에서 섰다. 민규를 본 곳으로 달려왔을 때 그는 이미 사라지고 없었다.

그는 정말 민규였을까? 혹은 다른 남자였을까?

그리고 팔짱을 꼈던 여자는 정말 패리스 힐튼이었을까? 아니면 잘못 본 것일까?

오빠 어디예요? 출장에서 돌아왔어요?

카톡을 보냈지만 민규는 확인하지 않은 듯 숫자 1은 변화가 없었다. 답문자 또한 없었다.

"우리는 모두 속고 있는 거야. 사랑? 그딴 거 없어. 일부일처제가 왜 있는 줄 알아? 사실은 사랑 따윈 없으니까 강제로 법으로라도 묶어놓는 거라고. 따지고 보면 텔레비전도 영화도 끊임없이 사랑 타령이잖아. 가난한 놈이 돈 밝히는 것처럼 현실 속에는 사랑이 없으니까 줄기차게 사랑이라는 신기루를 보여주며 우리를 착각하게 만드는 거지.”

얼마 전, 보은이 사랑에 대한 정의를 묻자 지순은 이렇게 대답했다. 작업 중이던 회계사에게 보기 좋게 차인 지순은 시시때때로 사랑에 대한 비관론을 펼쳤다.

언젠가 어느 책에서 이런 글을 읽은 적이 있다.

사랑이란 감정의 접촉 사고 같은 거죠. 서로 부딪칠 일 없던 두 남녀가 핼리혜성이 지구에 부딪칠 만한 기막힌 확률로 만나 감정에 스파크가 이는 겁니다. 두 사람이 서로를 향해 달려온 속도가 세면 셀수록 사랑의 스파크도 그만큼 강합니다. 그게 단순히 접촉 사고로 끝날지 어느 한쪽이 유턴을 해 나란히 달릴지는 결국 부딪쳐봐야 아는 거죠.

그 사랑론에 따르면 보은의 민규에 대한 접촉 사고는 강도가 몇쯤 될까? 과연 민규는 언제쯤 유턴해 보은을 향해 달려올까? 아니, 이미 보은이 먼저 유턴해 나란히 달리고 있으니 그가 유턴한다면 둘은 영원히 멀어지게 되는 것인가?

*

모든 연인들의 만남은 운명적이지만 블루마린과 재석의 첫 만남 또한 영화에서나 나올 법했다. 블루마린은 새 자전거를 끌고 공원을 한 바퀴 돌다가 내리막길에 접어들었다. 새 자전거라 그런지 페달을 밟지 않아도 속력이 쭉쭉 붙었다. 너무 빠른가 싶어, 브레이크를 살짝 밟았는데 속력은 줄어들기는커녕 더 빨라졌다. 순간 블루마린은 가슴이 덜컥 내려앉고 등에 식은땀이 났다.

"조심해요! 브레이크 고장 났어요!"

날카로운 외침에 맞은편에서 걸어오던 사람들이 홍해가 갈라지듯 황급히 길 양쪽으로 피했다. 주변의 경물들이 휙휙 지나가고 정신이 아득해졌다. '어떡해!'를 연발하며 블루마린은 부딪치지 않으려고 안간힘을 썼다.

"괜찮아요. 내가 잡을 테니까 무서워 마요."

돌아보니 한 남자가 자전거 뒤꽁무니를 쫓아 달려오고 있었다. 잠시 한눈판 사이 자전거가 휘청거렸다. 블루마린은 재빨리 앞을 보며 핸들을 꽉 쥐었다.

"잡았어요!"

남자가 소리쳤다.

"넘어지지 않게 꼭 붙잡을 테니까 앞만 보고 운전해요!"

평지에 이르러 한참을 달리고서야 자전거는 무사히 멈추었다. 블루마린이 뒤를 돌아보자 남자는 허리를 구부린 채 두 손을 무릎에 대고서 숨을 쌕쌕 몰아쉬고 있었다.

"괜찮아요?"

블루마린이 자전거에서 내리면서 물었다. 남자가 허리를 펴고 대답했다.

"네, 괜찮아요."

"정말 고맙습니다."

"뭘요. 나, 내내 달리기만 했지 자전거에는 손도 안 댔는걸요!"

남자가 이마에 송골송골 맺힌 땀을 훔치며 해맑게 웃었다.

두 사람이 멈춰 서 있는 곳은 '은행나무'라는 이름의 자그마한 카페 앞이었다. 작은 쪽문 옆에는 팥빙수 그림 밑에 '미숫가루 팥빙수 5천 원'이라 쓰인 종이가 붙어 있었다. 시각 효과를 위해 보송보송한 얼음 위에는 반짝반짝 별도 그려져 있었다.

"팥빙수…… 좋아하세요?"

블루마린이 그림을 힐끔거리며 물었다.

*

카페 앞에 서서 블루마린은 작게 숨을 들이쉬었다. 심장이 두근두근 뛰었다. 핸드백을 열어 반지와 포춘쿠키가 잘 있는지 확인하는데 휴대폰이 부르르 떨었다. 부재 중 전화 10통, 받은 문자 1개가 화면에 표시되어 있었다. 모두 보은에게서 온 것이었다.

비상사태! 포춘쿠키가 바뀌었어요! 문자 보거든 바로 전화 주세요.

"무슨 일이에요? 쿠키가 바뀌었다니?"

블루마린은 신호음이 떨어지고 보은이 전화를 받자마자 물었다.

"블루마린님, 어디예요? 아직 청혼 안 했죠? 쿠키, 절대 꺼내면 안 돼요!"

"약속 장소 앞이에요. 재석 씬 아직 안 왔고요. 근데 어떻게 된 거예요?"

"어제 쿠키 구울 때 지순이가 여분의 쿠키 구웠잖아요. 요새 카페에 자주 오는 손님 중에 원빈 싱크로율 90%인 남자가 있거든요. 그 남자한테 대시하려고 지순이 '우리 데이트할래요?' 문구를 적어 구웠어요. 오늘, 원빈이 와서 지순이 호호호 웃으며 포춘쿠키를 내갔는데 글쎄 '결혼해 주세요'가 나오는 바람에 남자가 지순을 스토커로 오해해 한바탕 개그 콘서트를 했지 뭐예요. 부랴부랴 쿠키 다시 굽고 지금 블루마린님한테 가고 있는 중이에요. 약속 장소가 어디랬죠? 공원 근처라고만 알지 정확히는 몰라서 블루마린님이랑 연락 안 되면 어떡하나 했어요."

보은이 속사포처럼 이야기를 쏟아냈다.

쿠키를 구울 때 지순 것과 잘 구분해 두었는데 어느 사이에 바뀐 건지 귀신이 곡할 노릇이다.

"되도록 천천히 밥을 먹어야겠네요. 미리 얘기해 둘 테니까 보은 씨가 가게에 도착하면 재석 씨 눈치 못 채게 살짝 주인에게 전해주세요."

블루마린은 가게의 위치를 알려주며 보은에게 덧붙였다.

"네, 그럴게요. 그리고 걱정 마세요. 다 왔으니까 30분 정도면 도착할 거예요."

금방 도착한다는 얘기에 안심하고 블루마린은 전화를 끊었다. 은행나무의 문을 열자 차라랑, 맑은 종소리가 났다. 다섯 테이블이 전부인 아담한 가게 안에는 어딘지 낯익은 청년 하나가 아이패드를 만지작거리고 있었다. 그리고 옆 테이블에 재석이 등을 지고 앉아 있었다.

"벌써 와 있었네?"

블루마린은 반가운 마음에 달려가 재석의 맞은편에 앉았다.

"으응, 왔어?"

재석은 블루마린이 선물한 옷을 입고 있었다. 아이보리 서츠에 군청과 흰색이 다이아몬드 모양으로 배합된 조끼, 옅은 브라운 색 재킷은 그에게 잘 어울렸다. 블루마린은 흡족한 표정으로 재석을 바라보았다.

재석은 눈길이 마주치자 가만히 시선을 내리깔았다. 항상 시간에 쫓기며 일하고 있기에 피곤에 전 얼굴이긴 했지만 오늘은 유난히 낯빛이 꺼칠했다. 밤새 한숨도 못 잔 듯 눈 밑에는 다크서클이 진하게 드리워져 있었다.

"얼굴이 이게 뭐야? 잠 또 못 잤어? 밥은? 제때 챙겨 먹긴 하는 거야?"

블루마린은 안타까워 재석의 뺨을 어루만졌다. 재석은 그녀의 손을 살포시 잡아 내리고서 쓰다듬었다.

"안 되겠다. 빨리 뭐라도 먹어야지. 기운이 하나도 없어 보여. 메뉴 뭐로 할까? 자기 좋아하는 크림소스 해물 그라탕?"

블루마린이 메뉴판을 바삐 뒤적이는데 재석이 메뉴판을 집어 한쪽으로 치웠다.

"벌써 주문했어. 내가 맘대로 정했는데 괜찮지?"

"응, 여긴 다 맛있잖아."

잠시 후 점원이 음식 그릇이 담긴 쟁반을 들고 왔다. 블루마린은 테이블 위에 놓인 음식들을 보며 고개를 갸웃했다. 간단한 이탈리아 요리와 차를 파는 곳에서 국수라니! 얼굴에 물음표가 몇 개는 찍혀 있는지 재석이 가만히 미소 지었다.

"뭔지 모르겠어?"

블루마린은 고개를 끄덕였다.

"일단 먹어봐."

재석은 주전자를 집어 닭고기와 계란 고명이 얹어진 국수에 육수를 부었다. 그런 다음 젓가락으로 잘 섞고서 블루마린에게 한입 떠주었다. 쫄깃한 면발에 담백한 육수가 어릴 적 향수를 자극했다.

"설마!"

블루마린이 재석을 보자 그가 웃음을 머금고 고개를 끄덕였다. 감자마농국수였다. 일사후퇴 때 국군과 함께 어린 딸을 데리고 내려온 외할머니가 끓여주었던 국수. 몇 번 가보지 못했지만 딸과 손녀가 방문할 적마다 할머니는 직접 감자를 갈아 녹말을 낸 후 국수를 만들어주었다. 어른이 되어 가끔 그 맛이 생각났지만 어머니는 감자마농국수를 만들 줄 몰랐다. 외할머니의 손맛으로 기억되는 음식이 또 하나 있다. 찹쌀과 멥쌀을 섞어 익반죽해 동그랗게 튀겨 시럽을 씌운 우메기. 달콤하고 바삭해서 블루마린이 가장 좋아하는 음식이었다. 그래서 국수를 다 먹고 후식으로 커피와 함께 우메기가 나왔을 때 블루마린은 그만 눈물을 글썽이고 말았다.

"정말…… 뭐라고 말해야 할지…… 고마워."

"꼭 먹어보고 싶다고 했잖아. 하지만 왠지 일부러 사 먹고 싶지는 않다고……."

"응, 왜 그런 거 있잖아. 어릴 때 아주 커 보였던 학교가 어른이 되어서 가보면 아주 작아서 실망스러운 거……. 그거랑 비슷할지도 모른다고 생각했어. 외할머니가 만들어주었던 국수랑 우메기는 아주 특별한 맛이었는데 어른이 돼서 먹으면 흔한 맛으로 느껴질지도 모른다고…… 그러면 할머니에 대한 추억도 빛이 바랠까 두려웠어."

"그렇다면 큰일인데? 혹시 실망한 건 아니지?"

블루마린은 고개를 저었다.

"할머니 추억에 우리 둘의 추억까지 얹어졌으니 이제 감자 마농국수랑 우메기는 내 인생 최고의 음식이야."

그 말에 재석의 낯빛이 흐려졌으나 블루마린은 눈치 채지 못했다. 그녀는 보은이 올 때가 됐는데 소식이 없자 초조했다. 한편으로 준비한 이벤트가 꼭 중요한가? 하는 생각도 들었다. 포춘쿠키가 없어도, 또 그에 맞추어 주인이 틀어주는 사랑 노래가 없어도 그와 그녀가 서로를 사랑하는 마음에는 흔들림이 없을 터였다.

"할 말이 있어."

"할 말……."

재석과 블루마린이 동시에 같은 말을 꺼냈다.

"먼저 말해."

"아니, 자기가 먼저 해."

블루마린은 청혼의 말을 어떻게 꺼낼지 고민하며 그의 말을 기다렸다. 언젠가 재석이 주인에게 왜 카페 이름이 은행나무냐고 물은 적이 있다. 주인은 은행나무는 암수 나무가 서로 마주 보고 있어야 꽃이 핀다고 대답했다. 그러고서 항상 앞만 보느라 옆에 있던 연인을 잊고 지냈었다고, 그리하여 목숨같이 사랑했던 그녀를 잃었다고…… 담담히 얘기했다.

"내게 다시 사랑이 올지는 모르지만 그때는 은행나무처럼 사랑하는 이를 항상 마주 보려고요. 그래서 다시는 사랑을 놓치지 않으렵니다."

주인의 이야기를 떠올리며 청혼의 서두를 찾고 있다가 문득, 블루마린은 재석이 아무 말이 없다는 걸 깨달았다. 그녀가 웃음 지으며 재촉하듯 그를 보자, 재석은 슬픈 듯이 이쪽을 바라보고 있었다. 그의 입술이 가늘게 떨렸다. 말할 듯 말 듯 그가 몇 번 입술을 달싹이다가 벌떡 일어났다.

"미안…… 도저히 안 되겠다. 미안……."

재석이 다가와 "부탁해요" 하고서 허겁지겁 카페를 나가자 창수는 한숨을 훅 쉬었다. 애인에게 직접 이별을 고하겠다고 했지만 그는 결국 차선을 선택하고 말았다.

블루마린은 카페 밖을 보았다가 의문이 가득한 눈길을 창수에게 던졌다. 낮이 익다 했더니 얼마 전 스윗 소로우에서 보았던 남자였다.

"남자 친구분께 잠시 시간을 주세요. 아마도 밖에서 마음을 추스르고 있을 겁니다."

창수의 말대로 재석은 카페를 등진 채 서 있었다. 그의 어깨가 미세하게 떨렸다. 창수는 간단히 자기소개를 하고 동영상을 플레이한 후 블루마린에게 아이패드를 건넸다. 두 사람이 좋아했던 에릭사티의 피아노 연주곡이 흐르며 둘만의 추억이 어린 사진들이 한 장 한 장 펼쳐졌다. 둘이 처음 봤던 영화, 같이 갔던 콘서트, 함께 별을 헤아렸던 동해 바다…… 사진 속 연인들은 매 순간순간 입가에 행복한 웃음을 머금은 채였다.

　우리 처음 만난 날, 기억나? 당신의 자전거가 나를 향해 달려왔을 때 나는 우주가 내게도 이런 행운을 주는구나 생각했어. 지나간 사진을 보니 우리 그동안 참 즐겁게 지냈지? 고마워, 당신은 다시는 사랑할 수 없을 거라고 여겼던 내게 따뜻한 손을 내밀어주었어. 그 손을 영원히 붙잡고 싶었는데…… 이제는 그럴 수 없을 것 같아…….

　사진들이 천천히 페이드인 페이드아웃 하는 가운데 재석의 목소리가 흘렀다.

　당신도 눈치 챘겠지만 우리 어머니…… 우리 사이를 탐탁지 않아 하셔. 이혼 후 나에 대한 집착이 좀 잠잠해지나 했지만 3개월 전부터 우리 사이를 알고부터는 또다시 간섭이 심해지셨지. 당신과 데이트라도 있는 날이면 어머니는 시름시름 앓기 시작하셔. 꾀병이라고 무시하면 증상이 점점 무거워지지. 지난번 우리 1주년 기념일에노 사실은 어머니 때문에 못 나간 거야. 그동안 많이 고민했어. 당신을 사랑하기에 놓치고 싶지 않아서 이대로 밀고 나갈까도 생각했어. 하지만 우리 어머니…… 절대 바뀌실 분이 아니야. 우리의 관계가 진전될수록 결국 우리 셋은 불행해질 거야. 이미 한 번 겪었던 지옥…… 그 지옥으로 당신을 이끌 수 없어.

　패러글라이딩 옆에서 재석과 블루마린이 어깨동무를 하며

웃고 있는 사진이 화면에 비쳤다. 블루마린은 화면 속 재석의 얼굴을 손끝으로 어루만졌다.

당신이 언젠가 꼭 해보고 싶다던 일이 세 가지 있었지. 패러글라이딩을 타고 하늘을 맘껏 날아보는 것, 감자마농국수와 우메기를 먹는 것, 그리고 캐나다의 옐로나이프에서 오로라를 보는 것. 미안…… 세 번째는 나보다 더 멋지고 당신을 더 사랑해 주는 남자를 위해 남겨둘게.

어느새 블루마린의 얼굴은 함빡 젖어 있었다. 누군가 슬며시 그녀에게 손수건을 내밀었다. 보은이었다. 블루마린은 수건으로 눈물을 닦고는 카페 밖으로 나갔다. 재석의 눈가 역시 젖어 있었다. 그가 서 있던 자리에는 담배꽁초가 수북이 쌓여 있었다.
"바보, 그동안 왜 내게 한마디도 하지 않았어?"
"미안."
"담배 끊기로 해놓고선 이게 뭐야?"
블루마린은 재석의 가슴을 툭툭 치다가 그의 어깨에 얼굴을 묻었다.
"미안."
"생각…… 다시 할 순 없어? 같이…… 어머니 설득하자. 우리가 잘하면 되잖아."

블루마린이 재석에게 기댄 채로 그의 얼굴을 올려다보며 물었다.

재석은 블루마린의 얼굴을 안타까운 듯 마주 보았다.

"미안……."

잠시 두 사람은 말이 없었다. 블루마린은 흐르는 눈물을 손등으로 훔치고서 애써 웃어 보였다.

"재석 씨가 내 행복을 빌어주었듯이 나도 당신 행복 빌게. 좋은 사람 만나. 어머니의 마음에 쏙 드는……. 그래서 아들딸 낳고 행복하게 살아."

블루마린이 오른손을 내밀어 악수를 청했다. 재석이 그녀의 손을 꼭 쥐었다. 다시는 놓고 싶지 않은 듯이 꽉 감싸 쥐었다.

"어떤 여자도 어머니의 맘에 들 순 없어. 그리고…… 네가 내 마지막 사랑이야."

"……."

"바래다줄게."

블루마린은 고개를 저었다.

"아니. 괜찮아. 먼저 가."

재석은 잠시 머뭇거리다가 떠났다. 그가 천천히 멀어져 갔다. 점점 작아지다가 길모퉁이를 돌아 사라졌다. 블루마린은 눈물이 그렁그렁한 채 재석이 사라진 모퉁이를 하염없이 바라보고만 있었다.

"바보, 한 번만 뒤돌아보지……. 한 번만 돌아보지……."

블루마린이 원망하듯 중얼거렸다.

"왜 그랬어요? 이렇게 아쉬워하면서 왜?"

보은이 안타까워하며 말했다.

"정말 보낼 거예요? 진짜 이대로 끝낼 거예요? 아직 늦지 않았어요. 얼른 가서 잡아요."

보은이 블루마린의 손을 잡고 거리 쪽으로 이끌었다. 블루마린은 손을 빼며 고개를 저었다. 보은은 이해할 수 없었다. 청혼하려고 쿠키까지 굽지 않았던가? 그런데 어떻게 이렇게 쉽게 헤어질 수 있지? 사랑이 식은 것도 아니고 두 사람은 여전히 뜨겁게 사랑하지 않는가?

"사랑하잖아요? 도대체 왜?"

"……보은 씨, 〈카사블랑카〉 본 적 있어요?"

보은은 고개를 끄덕였다.

"영화에서 릭은 사랑하는 일자를 독일군을 피해 미국으로 망명시키잖아요. 다시는 일자를 만날 수도 없고 또 그녀를 보냄으로써 자신이 위험에 처할 것을 빤히 알면서도 릭은 일자를 떠나보내죠. 떠나지 않겠다는 일자를 설득하면서 릭은 이렇게 말하죠. '오늘은 후회하지 않겠지. 아마도 내일도 그럴 거야. 하지만 언젠가는 후회하게 될 거야.' 그 장면을 보면서 난 생각했어요. 이게 릭의 사랑이구나. 이게 그의 사랑의 정의구나, 라고."

"……"

“재석 씨…… 쉽게 이런 결정 내릴 사람 아닌걸요. 그동안 혼자 생각하고 또 생각해서 내린 결정이에요. 난 그 사람의 결정, 존중해요. 나한테 사랑은…… 그런 거예요.”

블루마린이 눈물을 그렁그렁한 채 아프게 미소 지었다.

“하지만…….”

창수가 보은의 어깨를 감싸고서 고개를 저었다. 보은은 하고 싶은 말이 많았지만 꾹 눌러 삼켰다.

사람이 만 명이면 사랑도 만 가지다. 비탈길 위 우거진 나뭇가지 끝에 그믐달이 걸렸다. 님 따라 나섰다가 님은 놓치고 홀로 돌부리에 걸린 것처럼 처량맞게!

쓸쓸한 10월의 어느 밤이었다.

4
이별에 대한 예의

베고니아 · 짝사랑

바람이 커튼을 밀고 들어와 협탁 위에 놓인 제라늄을 가볍
게 흔들었다. 그에 맞추어 노래 부르듯 휴대폰이 요란하게 울
었다. 유선은 모니터에서 시선을 떼어 협탁을 바라보며 받을
까 말까 망설였다. 민규는 영탄을 도와 회의실에서 그림을 달
고 있었다. 아무리 연인이라도 주인 없는 전화를 대신 받기는
뭐했다.

좀 울리다가 말겠지.

유선은 다시 모니터에 코를 박았다. 그러나 아기가 엄마를
찾듯 전화는 끊길 줄 모르고 자지러지듯 울었다. 시끄러운 소
리에 유선은 자리에서 일어나 휴대폰을 집어 들었다.

"오빠?"

달콤한 여자 목소리가 흘러나왔다.

"아닌데요. 민규 씨가 지금 자리에 없어서 대신 받았어요.
나중에 다시 걸어주실래요?"

"아…… 네. 실례했습니다."

수화기 너머의 여자가 멈칫거리며 전화를 끊었다.

"소보로?"

누군가 싶어 화면을 보자 소보로빵 사진과 함께 '소보로'
라는 이름이 적혀 있었다. 이름이 아니라 별명으로 입력된 여
자…… 왠지 신경이 쓰였다.

단축 번호 4번 소보로. 이유선 단축 번호 없음. 이 사실을 어
떻게 해석해야 할까? 유선은 심란한 표정으로 휴대폰을 내려
다보았다.

"오해야!"

민규는 단호하게 말했다.

"어릴 때부터 알고 지내던 아이로 그냥 동생 같은 애야."

"그래요? 제주도의 맑은 햇실에 떠오르는 그냥 아는 동생이
라……."

유선의 비아냥거림에 민규의 얼굴이 딱딱하게 굳었다.

"미안해요. 문자 봤어요. 나한테 보냈던 문자랑 토씨 하나
다르지 않았더라고요. 나, 여태껏 살아오면서 한 번도 일등을
놓쳐본 적이 없어요. 2등? 그런 거 내 인생 계획에는 전혀 없
네요. 그러니 우리…… 여기서 그만두죠."

유선이 낮은 목소리로 감정을 죽이며 말했다. 민규가 한숨을 폭 쉬었다.

"왜 이리 극단적이야? 문자 봤다면 그 애랑 나 사이, 별거 아니란 거 잘 알 텐데……. 그 문자는 자기에게 보내려던 걸 잘못해서 그 애에게 보낸 거야. 전화번호부 보면 소보로 밑에 바로 자기 이름 있잖아. 자기를 선택한다는 게 실수로 그 애 이름을 터치한 거야. 보내놓고 나도 아차 했어."

그 설명에 날이 서 있던 유선은 좀 누그러졌다. 민규가 소보로에게 제주도에서 보낸 문자를 보았을 때 그녀는 배신감에 손이 부들부들 떨릴 정도였다. 하지만 민규의 말대로 소보로와 주고받은 문자는 그것 외에는 별다른 내용이 없었다. 대부분 소보로에게 안부 문자가 왔고 민규는 때때로 답장을 했을 뿐이었다.

"단축 번호는?"

"자기 번호는 내 머릿속에 0번으로 입력되어 있는데 단축 번호가 왜 필요해?"

굳어 있던 유선의 얼굴이 그제야 풀렸다. 하지만 이대로 넘기기에는 뭔가 찜찜했다. 별 내용이 없다 치더라도 두 사람이 주고받은 문자는 그저 아는 오빠 동생 사이치고는 너무 잦았다.

"정말 아무 사이 아니에요?"

"그래."

"그런데 꽤나 자주 문자를 주고받았던데요?"

"그건…… 사실 그 애가 날 좋아하긴 해. 그렇다고 고백한 것도 아니니 딱 잘라 거절할 수도 없고…… 나도 좀 곤란해하고 있어."

민규는 이마를 찌푸리며 대답했다.

똑똑.

노크 소리가 들리더니 빼꼼 문이 열렸다.

"이런! 손님이 있었네. 나중에 다시 올까?"

창수가 민규를 보고서 문 밖에 그대로 선 채 물었다. 유선은 민규를 힐끔 보고 대답했다.

"아냐. 괜찮아. 들어와."

민규의 눈썹이 슬쩍 올라갔다. 아직 이야기가 끝나지 않았는데 다른 사람을 끌어들이는 유선이 못마땅했다.

"나중에 다시 얘기하지."

굳은 표정으로 소파의 재킷을 챙겨 나가려는데 유선이 민규의 소매를 잡았다. 뒤돌아보자 유선이 옆자리를 툭툭 쳤다.

이별! 말하기 두려워 고민하고 계십니까?

구질구질한 이별을 좋은 추억으로 승화시켜 드립니다.

이별의 순간부터 그 후에 닥쳐오는 온갖 거지 같은 문제들을 100% 깨끗하게 해결해 드리는 안전 이별 설계사!

이젠 비겁하게 잠수 타지 마세요.

처치 곤란, 답답한 마음 확 뚫어드리는 속 시원한 이별 대행!

애정이 식은 연인들을 위해 이별통보단이 함께합니다!

"재밌네."

창수가 내민 광고 전단을 민규에게 건네며 유선이 말했다.

"그렇지? 재밌지?"

창수가 눈을 반짝였다.

"김재석 씨 이별 이벤트를 맡고 나서 감이 딱 오더라니까. 연인들, 만날 때는 돈 처들이고 난리 떨면서 헤어질 때는 꽃다 발 하나 없이 헤어지잖아. 사실 어떤 이별이냐에 따라 사랑이 앨범에 꽂히기도 하고 쓰레기통에 버려지기도 하지. 사랑했다 면 이별도 품위 있고 아름답게, 유종의 미를 거두자는 거지."

창수가 신이 나서 말을 이었다.

"전화로 간단히 얘기했던 대로 〈해피투게더〉에 자리 하나 만 마련해 줘. 전화 한 대랑 책상 하나면 돼. 그리고 〈해피투 게더〉 홈페이지 이벤트 난에 '이별통보' 메뉴 하나 추가하 고……."

"그런데 사업성은 좀 없지 않을까요? 좋은 일도 아니고…… 이런 일에 현실적으로 누가 이벤트를 하겠어요?"

민규가 전단지를 내려놓으며 한마디 했다.

"아냐, 좋은 일이 아니니까 더 사업성이 있을 수도 있어. 여 자들이 돈을 쓰는 이유는 딱 두 가지야. 너무너무 갖고 싶거 나, 너무너무 하기 싫을 때. 그래서 여자들은 쇼핑을 하고 가 사 도우미를 쓰지."

유선이 민규를 빤히 보며 말했다.

'거짓말쟁이!'

아까 뭔가 찜찜했던 게 이제야 풀렸다. 민규는 자기에게 문자를 보내려다가 잘못 터치해서 소보로에게 보냈다고 변명했다. 그런데 그는 유선의 번호는 머릿속에 0번으로 입력되어 있다고 했다. 번호를 외우고 있는데 문자를 보내려고 전화번호부를 검색했다고? 앞뒤가 맞지 않는다.

"맞아, 원래 사람들이 싫어하고 꺼리는 일에는 돈이 꼬이게 마련이지."

창수가 맞장구를 쳤다.

"수익 분배는 2 대 8, 어때?"

"4 대 6."

유선이 민규를 흘깃거리며 대답했다.

"에이, 그건 너무 세다. 3 대 7? 더 이상은 안 돼."

"좋아."

유선이 흔쾌히 고개를 끄덕였다.

"대신 조건이 있어. 무료로 이별 통보 한 건 맡아줘. 의뢰인은 김민규, 상대 여자는 소보로. 남자는 별 관심 없는데 여자가 자꾸 스토커처럼 연락을 해와서 곤란해하고 있어. 어때 괜찮지?"

유선이 민규를 보고서 싱긋 웃으며 말했다.

*

털보 형님이 말씀하시길, '나이 듦'을 가늠하는 바로미터가
뭔고 하면 명동이나 강남의 번화가에 1분만 서 있으면 된다고
한다. 양 떼처럼 이리저리 밀려가는 사람들을 보고 짜증이 나
면 늙은 것이고, 활기차게 느껴지면 아직 청춘인 거라고.

강남역 11번 출구, 끊임없이 검은 머리 양들이 오가는 거리
를 두리번거리면서 창수는 보은을 찾았다.

"보은이요? 강남역에서 귀여운 암탉 한 마리 찾아보세요."

지순에게 물었더니 알려준 정보가 그거였다.

1번 출구부터 쭉 뒤졌는데 여기도 아닌 걸 보면 12번인가?

창수는 다시 지하철 계단을 뛰어 내려가 12번 출구로 나갔다.

"맛있는 꼬꼬 치킨입니다. 6시까지 오시면 시원한 맥주 한
잔 서비스로 드려요."

귀여운 암탉 인형을 쓴 여자가 뒤뚱거리면서 사람들에게 전
단지를 나누어주었다. 하지만 사람들은 전단지를 내민 손이
민망하게 무심히 지나쳤다.

"어이, 꼬꼬 씨. 여기 한 장 줘봐요."

반가운 소리에 암탉 아가씨가 뒤돌아보았다. 창수가 싱긋
웃으며 서 있었다. 보은은 창수를 보고서 오늘 일진도 글렀구
나, 하고 생각했다. 따지고 보면 보은이 이렇듯 시내 한복판에
서 탈인형을 쓰고 있는 것도 다 창수 때문이었다. 창수만 없었
으면 지금쯤 샤넬 재킷도 백화점 명품관에 다시 고이 걸렸을
터이고 블루마린도 무사히 청혼했을 거 아닌가? 보은은 만약

재석의 이별 선언보다 블루마린의 청혼이 먼저였다면 그들은 어떻게 되었을까, 하고 못내 아쉬워했다. 그랬다면 그들의 사랑도 이별이 아닌 다른 행로를 걷지 않았을까?

보은은 뒤뚱뒤뚱 걸어가 성의 없이 전단지를 한 장 툭 내밀었다.

"거참, 정 없게 한 장이 뭐예요? 이리 줘봐요."

창수가 보은의 왼손에 들린 전단지들을 낚아챘다. 그러고는 마주 걸어오고 있는 아가씨들에게 함박웃음을 지으며 다가가 전단지를 척 내밀었다.

"안녕하십니까, 이쁜 누님들. 맛있는 꼬꼬 치킨입니다. 6시까지 오시면 잘생긴 총각이 씨이원한 맥주 한 잔 쏴드립니다."

창수가 넉살 좋게 싱글거리며 전단지를 건네자 아가씨들은 창수를 힐끔거리면서 제들끼리 소곤거리더니 종이를 받았다.

"자, 왔어요, 왔어! 작년에 왔던 각설이가 아니고 맛있는 꼬꼬 치킨이 왔어요!"

창수가 운율을 넣어 활기차게 외쳤다. 전단지가 아니라 생기를 건네받는 듯, 무표정한 얼굴로 무심히 지나치던 사람들이 싱글싱글 웃으며 창수가 내민 종이를 한 장씩 받아 갔다. 멍하니 창수를 지켜보던 보은도 피식 웃고 말았다.

한쪽에 수북이 쌓여 있던 전단지가 차츰차츰 줄어들었다. 마지막 남은 전단지를 데이트 약속이 있는 듯한 아가씨에게

애인과 함께 오라며 전해주고 나서 창수가 보은에게 다가갔
다. 보은도 마지막 한 장을 막 건넨 참이었다.

"자, 갑시다."

창수가 앞장서서 걷기 시작했다.

"어디로요?"

보은이 의아해서 물었다.

"6시까지 오면 맥주 한 잔이 공짜라잖아요!"

창수가 씩 웃으며 대답했다.

참숯이 발갛게 불씨를 품었다. 달구어진 불판 위에서 닭이
노릇노릇 익어갔다. 닭 껍질에서 배어 나온 기름이 뚝뚝 숯으
로 떨어지자 치지직 소리가 났다. 꼬꼬 치킨의 요리사는 홀 쪽
에 마련된 바비큐 화덕에서 잘 익은 닭 조각을 앞뒤로 뒤집으
며 양념을 발랐다. 매콤하고 구수한 냄새가 손님들의 입맛을
돋웠다. 시원한 맥주를 몇 모금 목구멍으로 넘기고 나서 창수
는 갓 나온 양념 바비큐 치킨을 한입 베어 물었다. 쫄깃쫄깃한
고기 사이로 잘 배어든 양념이 자연스레 군침을 삼키게 했다.

"근데 어쩐 일이에요?"

인형 옷을 벗은 보은이 새침하게 말했다. 닭 인형을 쓰고 있
을 때는 나긋나긋 귀여워 보이더니 그새 까칠한 본색을 드러
냈다.

"우리가 그동안 뭔 일이 있어서 만났나? 우연이에요, 우연!

아, 맛나다. 뭐해요, 안 먹고?"

창수가 보은의 접시에 닭다리를 올려주며 넉살을 떨었다. 눈에 투시 안경을 쓰지 않은 이상 인형탈을 쓰고 있는 자신을 우연히 알아봤다는 건 생거짓말일 터였다. 하지만 그동안 둘의 만남이 우연의 연속이었다는 걸 보은은 새삼 깨달았다.

"정체가 뭐예요?"

문득 보은이 물었다.

"정체?"

"무슨 일 하냐고요."

"글쎄…… 뭐할 거 같아요?"

첫 만남에서 창수는 소매치기를 쫓고 있었고 두 번째 만남에서는 수십 명의 밥줄을 위해 팬티를 샀으며 세 번째에서는 꽃꽂이, 그리고 얼마 전 네 번째 만남에서는 이별 도우미를 하고 있었다.

"흥신소 직원?"

"푸하하하!"

창수는 보은의 엉뚱한 대답에 머금고 있던 맥주를 뿜을 뻔했다.

"영화일 해요. 지금은 하던 영화가 엎어져서 이것저것 하고 있고."

"아하, 영화……. 배우가 꿈?"

"아니. 감독. 그쪽은?"

창수는 짧게 대답하며 화제를 돌렸다.

"본업은 스타일리스트, 부업으로 조그만 쇼핑몰도 하고 바쁠 땐 지순네 가게도 돕고 뭐 이것저것……."

"하하, 이것저것? 그럼 우리 둘 다 이태백인가? 중국의 유명한 시인 이태백은 굉장한 주당이었다지. 술잔을 들고 달을 잡겠다고 강에 뛰어들었다고 하던데…… 자, 이태백끼리 거국적으로 한잔하자고."

술잔을 주거니 받거니 분위기가 화기애애해지자 창수가 말을 놓았다.

술이 좋은 점은 살면서 상처받아 생긴, 사람에 대한 담을 조금은 낮추어준다는 점이다. 그것은 담장 안에 갇힌 마음이 답답해서일 수도 있고 다른 사람이 담장 너머로 내다보고 나를 이해해 주기를 바라는 마음 때문일지도 모른다. 창수도 술이 들어가자 저도 모르게 속마음을 내비쳤다.

"죽을 때까지 꼭 만들어야 하는 영화가 하나 있어. 주인공이 종을 치는 꼽추인데 집시 아가씨인 에스메랄다를 사랑하지……."

"아, 노트르담의 꼽추?"

"아니, 아니. 근데 알고 보니 그 꼽추가 나쁜 마녀에게 저주를 받았던 왕자였던 거지."

"에이, 그럼 재미없겠다. 꼽추인데 사실은 왕자면 꼽추일 때 겪는 고초에 진정성이 없잖아. 진정성이…… 요새 관객들은

눈이 높아서 그런 만화 같은 설정에는 흥미 없어 한다고. 차라
리 그 꼽추가 외계인이었다고 해. 지구를 정복하러 왔다가 사
랑에 빠져 갈등하는 거지."

"뭐, 그것도 괜찮지. 어쨌든 결론은 꼽추가 에스메랄다와 사
랑을 이루는 이야기야."

"응. 나도 해피엔드가 좋아. 근데 이게 왜 꼭 만들어야 하는
이야기인데?"

술이 돌아 어느새 보은의 뺨이 발그레했다. 그녀의 눈이 호
기심으로 초롱초롱 빛났다.

"빚이 있거든……."

삼촌이 사준 세계 명작 동화 중에서 누나는 특히 〈노트르담
의 꼽추〉를 제일 좋아했다. 카지모도가 에스메릴다의 시체를
안은 채 유골로 발견되는 장면에서 누나는 몇 번이고 맑은 눈
물을 흘리곤 했다. 그럴 때면 창수도 무슨 내용인지도 모르면
서 함께 코를 훌쩍였던 기억이 난다.

"난 크면 영화감독이 될 거야. 그래서 카지모도랑 에스메릴
다랑 꼭 결혼시킬 거야."

누나는 몇 번이고 그렇게 말했었다.

"자, 마시라고!"

창수가 맥주잔을 챙 하고 부딪쳤다. 보은은 '무슨 빚?' 하려
다가 창수의 얼굴에 어린 쓸쓸함에 그저 맥주를 꿀꺽 삼켰다.

"난 카지모도처럼 순수한 사랑이 좋아. 그러고 보면 짝사랑

처럼 순수하고 아름다운 사랑은 없는 거 같아."

그 말에 창수가 보은을 빤히 보았다. 그녀의 얼굴 위로 해사한 민규의 얼굴이 떠올랐다. 유선이 잠시 자리를 비운 사이 창수가 소보로 양에게 할 말이 없느냐고 물었다. 그러자 민규는 잘생긴 얼굴을 가만히 젓더니 그저 '착하고 여린 아이니 상처 받지 않게 잘 말해 달라'고만 했다.

소보로의 이름이 보은인 걸 알고 설마, 의심은 했다. 그리고 받은 전화번호로 전화를 걸었을 때 "여보세요"라는 첫마디를 듣고선 '아차' 했다.

지순의 말에 따르면 10년 동안 고이고이 품은 마음이라 한다. 바보같이…….

"사랑 중에 가장 비겁한 사랑이 뭔지 알아?"

한숨을 훅 쉬며 창수가 입을 열었다.

"……."

"바로 짝사랑이야."

"왜?"

보은이 불만스럽게 물었다.

"짝사랑은 자기에게도 상대에게도 솔직하지 못하거든. 거절 당할까 두려워 상대의 주변을 맴돌기만 할 뿐 사랑을 위해서 그 어떤 노력도 하지 않지. 그러고는 나는 아무것도 바라는 게 없노라 스스로 위안하지."

"스스로를 위안하는 게 아니야. 정말 순수하게 사랑하는 거지.”

“그래? 정말? 진짜 상대에게서 바라는 게 없어? 그가 날 봐
주기를, 내가 사랑하는 만큼 날 사랑해 주기를 바라지 않는다
고?”

“그건……”

“사랑은 말이야, 배드민턴 같은 거야. 여기서 공을 던지면
저기서 되받아치지. 공을 주고받는 사이에 서로에 대해 하나
씩 알아가는 거지. 아, 이 사람은 백드라이브를 잘하는구나,
어? 서비스 에이스에는 약하네? 하고 상대의 장점과 단점을
같이 알아가지. 그러면서 상대를 있는 그대로 사랑하는 거야.
그런데 짝사랑은 그게 안 돼. 혼자서 상대에 대해 막연한 환상
만 부풀려 나가지. 짝사랑이 순수하다고? 거짓말, 짝사랑만큼
이기적인 건 없어. 짝사랑은 상대의 감정보다는 내 감정이 우
선인 사랑이야. 그러니까 혼자 좋아하고 혼자 애타 하고 혼자
가슴 아파하고 혼자 울지. 그 짝사랑에 상대가 어떤 감정을 느
끼든 관심 두지 않고서 말이야.”

“그렇게 단정 짓지 마. 짝사랑이 상대의 감정에는 관심 없다
고? 아니야. 상대의 손짓, 몸짓, 표정…… 하나하나에 얼마나
가슴 졸이는데……”

“가슴 졸일 뿐 그 외에 뭘 하는데? 순수하게 사랑한다고 했
지? 상대에게 연인이 생기면 그때에도 순수하게 사랑할 수 있
어? 상대의 행복을 빌어주고 그 사랑이 잘되기를 진심으로 빌

어줄 수 있어?"

"······그래."

"그럼 그렇게 해."

보은이 눈을 둥그렇게 떴다. 창수가 갑자기 이런 말을 하는
게 납득이 안 갔다.

"뭐라고?"

"뭐가?"

창수가 능청스럽게 되레 물었다.

"방금 그 말······ 무슨 뜻이냐고?"

"아무 뜻 없어. 그냥 그렇다고······."

창수는 어깨를 으쓱하더니 계산서를 들고 자리에서 일어났
다. 보은은 떨떠름한 기색으로 따라 일어났다. 그러곤 지갑에
서 2만 원을 꺼내 창수에게 건넸다.

"됐어. 오빠가 쏜다."

창수는 손을 젓고는 주인아저씨를 보며 "얼마죠?" 하고 물
었다. 창수가 지갑에서 돈을 꺼내는데 종이 한 장이 나풀나풀
바닥으로 떨어졌다. 보은은 허리를 구부려 명함을 주웠다.

이별을 통보해 드립니다!

구질구질 엉망진창 이별을 깔끔하고 쿨하게~

- 이별 도우미 강창수

"이별 도우미?"

보은은 명함에 금박으로 박힌 '이별 도우미'란 글자를 곱씹으며 창수의 뒤통수를 노려보았다. 은행나무에서 창수가 아이패드를 블루마린에게 보여주던 게 영화의 필름처럼 머릿속을 스쳐 지나갔다. 보은이 블루마린의 손을 붙잡고 재석을 뒤쫓아 가려 할 때 그녀의 어깨를 짚고 창수가 고개를 가로젓던 모습도 떠올랐다.

상대의 행복을 빌어주고 그 사랑이 잘되기를 진심으로 빌어줄 수 있어?
그래.
그럼 그렇게 해.

창수의 목소리가 메아리처럼 울려 퍼지자 보은은 저도 모르게 입술을 꾹 깨물었다. 말없이 먼저 가게 밖을 나온 보은은 잔돈을 지갑에 넣고 뒤따라 나온 창수의 고앞에 명함을 쑥 들이밀었다.
"아이고 깜짝이야? 뭐야?"
창수는 뭔가 싶어 보은의 손을 내려다보았다.
"어? 이게 왜?"
"설명해 봐."
창수가 명함을 집으려 하자 보은이 손을 뒤로 감추며 쌀쌀맞게 말했다.

"뭘?"

"오늘 왜 날 찾아온 거야?"

"그건 우……."

"우연 좋아하네! 용건이 뭐야?"

두 눈을 부릅뜨고 이쪽을 흘겨보는 기색이 심상찮았다. 거짓말은 씨알도 먹히지 않을 것 같았다.

"휴, 좋아."

창수는 고개를 끄덕이곤 어떻게 말을 꺼낼지 잠시 뜸을 들였다. 오늘은 그저 탐색전이었기에 지금의 돌발 상황이 창수로서는 곤혹스럽기 그지없었다.

"네가 짝사랑하는 김민규……."

민규의 이름이 창수의 입에서 흘러나오는 순간, 잔뜩 힘이 들어갔던 보은의 얼굴이 맥없이 풀어졌다. 눈꼬리가 아래로 처지고 입술이 바르르 떨리는 게 금방 울음이 터질 것만 같았다.

"……다른 여자 생겼어. 아까 그랬지? 순수하게 그 사람 행복 빌어줄 수 있다고……."

"……."

"그 사랑이 잘되게 진심으로 빌어주겠다고……."

"짝사랑이라고?"

보은은 안색이 창백했다. 툭 하고 건드리면 그대로 쓰러져버릴 것 같았다.

"그 사람이 그래? 짝사랑이라고?"

"……."

짝사랑이란다. 최근 한 달 동안 연락이 뜸하더니 결국 짝사랑이란다. 그럼 일주일에 한 번은 꼭 얼굴 보고 하루에 한두 번씩 문자했던 건 무엇이었나? 사귀자는 말은 안 했지만 몇 년 동안 몇 달에 한 번 소식을 전하던 둘 사이가 3개월 전부터 급속도로 가까워진 건 민규가 먼저 지속적으로 연락해 왔기 때문이 아닌가?

보은도 민규도 고백한 적은 없지만 느낌으로 서로의 마음을 미루어 알고 있다고 여겼다. 사랑까지는 아니어도 좋아한다고…… 그런 느낌을 받았다. 그런데 짝사랑이라고?

보은이 말없이 손안에 든 명함을 만지작거렸다. '구질구질 엉망진창 이별을 깔끔하고 쿨하게~'란 문구가 눈에 들어왔다.

"구질구질 엉망진창……."

보은이 혼잣말로 가만히 뇌까렸다. 그래서 깔끔하고 쿨하게 사람을 통해서 이별을 통보한다고?

지랄!

이렇게 기분이 엿 같은데 뭐가 깔끔해? 뭐가 쿨해?

비겁했다.

10년이었다. 10년 동안 한결같이 민규만을 해바라기했다. 민규 역시 꼬박꼬박 보은을 챙겼다. 생일 때면 케이크에 불을 붙여 작은 선물과 함께 주었고 여행을 가면 멋진 경치를 사진으로 찍어 보내왔으며 친구들과 들른 맛집은 기억해 두었다가 보은을 데려가기도 했다.

사랑이 뭐 별건가? 소설가 공지영도 그러지 않았는가? 맛있는 거 보면 같이 먹고 싶고 좋은 경치 보면 같이 보고 싶은 거, 나쁜 게 아니라 좋은 거 있을 때 여기 그 사람이 있었으면 좋겠다고 생각하는 거, 그게 사랑이라고.

그래 놓고선 이제 와서 이렇게 다른 사람 입을 통해서 '안녕'이라고?

먼저 변심한 나쁜 사람이 되고 싶지 않아서, 미안하고 괴로워서, 말하기 껄끄럽고 구차해서, 추한 모습 보여주기도 또 보고 싶지도 않아서…… 이별의 순간을 회피하고 싶은 이유는 수없이 많다. 그래서 어떤 사람들은 이별의 순간에 잠수를 타기도 하고 문자로 간단히 '안녕'을 통보하기도 한다.

하지만 사랑했다면…… 이별에도 예의를 지켜야 하는 게 아닐까? 그것이 그 사랑에 대한 예의가 아닐까?

창수는 보은의 침묵이 묵직하게 느껴졌다. 고개를 떨어뜨린 채 손에 든 명함을 만지작거리는 보은이 눈물을 뚝뚝 흘리는 게 아닌가 싶었다. 잠시 후 보은이 고개를 들어 창수를 보았다. 입가에는 뜻밖에 웃음을 머금고 있었다.

"영화일 쉬는 동안 이것저것 한다더니 이별 도와주는 회사를 만든 거네."

"뭐, 재밌는 일 같……."

보은이 째려보자 창수가 꿀꺽 말을 삼켰다.

"흠흠, 어차피 하는 이별이라면 아름다운 이별이 되도록 도와주고 싶어서……."

"난 몇 등급이야?"

"응?"

"서비스업이면 고객별로 서비스 등급이 있잖아? 결혼 정보 회사가 노블레스니 디노블이니 하는 것처럼."

창수는 재빠르게 머리를 굴렸다.

"프리미엄 A."

"흠, 좋은 거야?"

"그러엄. VVIP한테만 제공하는 서비스지."

"무슨 서비슨데?"

"이별 후 3개월간 각종 심리 치료 혜택이 주어지지. 밥 친구, 술 친구, 오락 친구는 물론 이 세상에 있는 모든 종류의 살풀이 이벤트를 할 수도 있고……."

"치, 그래도 걱정은 됐나 보네."

VVIP라는 말에 좀 기분이 풀린 듯 보은이 구시렁거렸다.

"가자!"

보은이 앞장서 걸었다.

"어디로?"

창수가 뒤따랐다.

"살풀이하러!"

탕탕탕!

상대 팀의 리볼버에서 총알이 연달아 발사되었다. 화면 속의 카우보이는 어깨에 붉은 피를 흘리며 고꾸라졌다. 캐릭터가 격전지에서 소멸되자 창수는 머리를 긁적거렸다.

"어휴, 또 죽었어?"

적들에 둘러싸여 동분서주 혼자 격전을 벌이던 보은도 수적 열세에 밀려 곧 전사하고 말았다. 보은은 모니터 화면에서 게임 홈페이지를 꺼버렸다.

"왜? 그만하게?"

"살풀이는커녕 열불 터져서 화병 나게 생겼는데 뭘. 어떻게 1분을 못 버티냐? 둘이서 겨루면 식은 죽 먹기라 재미없지, 팀 먹으면 한 방에 픽픽 쓰러지니 할 맛이 나야지."

보은이 투덜거렸다.

"처음부터 잘하는 사람이 있나 뭐. 한판만 더 하자. 딱 감 왔다니까."

이제 좀 재미가 붙었는데 게임을 그만두자니 아쉬워서 창수가 살살 꾀었다.

"됐네요! 영화나 볼래. 댁은 더 하고 싶으면 하든지."

보은은 영화 사이트에서 〈쿵푸 팬더〉를 고르고 플레이시켰다. 창수는 혼자서 게임을 시작했다가 보은의 모니터에 판다곰 포가 두툼한 뱃살을 출렁거리며 화려하게 발차기를 해대자 이내 정신을 빼앗겼다.

귀엽고 유쾌하고 용맹한 포가 눈밭을 구르며 혀를 빼물거나 손에 불이 붙어 허걱 놀라는 표정을 지을 때 등 자잘한 코믹 신마다 둘은 깔깔깔 웃어댔다.

"봤어? 저 표정?"

창수가 혀를 쏙 내밀며 포를 흉내 내자 보은이 박수를 쳤다.

"하하, 똑같아! 똑같아!"

보은이 배를 잡고 웃었다. 창수는 영화에 푹 빠진 채 희희낙락거리는 보은의 옆얼굴을 보고 가만히 안도의 숨을 내쉬었다. 내심 많이 걱정했는데 밝은 표정인 걸 보면 그리 큰 충격은 아닌 듯싶었다.

영화가 끝나고 두 사람은 출출해서 컵라면을 먹었다. 그리고는 멀티방 한쪽에 마련된 티테이블에서 커피를 뽑아 입가심한 뒤 거리로 나왔다.

"집이 어디야? 바래다줄게."

보은은 고개를 저었다.

"아니. 혼자 갈 수 있이."

"VVIP 고객인데 밤길에 혼자 보낼 순 없지. 이래 봬도 내가 서비스 마인드로 무장이 되어 있다고."

"지순네 가게에 갈 거야."

"그럼, 그리로 가지 뭐."

창수는 보은의 대답도 기다리지 않고 앞장서기 시작했다.

버스의 뒷좌석에 앉아 보은은 창수의 시시한 농담을 듣는 둥 마는 둥 한 귀로 흘렸다. 창수는 분위기가 좀 가라앉을라치면 썰렁 개그를 늘어놓았다. 버스가 면목동을 지날 때는 이런 농담을 하기도 했다.

"면목동이 왜 면목동인지 알아?"

"왜?"

"면목이 없어서래."

갑자기 보은이 하하하 깔깔깔 미친년처럼 웃기 시작했다. 손으로 박수까지 치면서 눈가에는 주름을 잡은 채 배를 움켜잡고는 박장대소하는 게 아닌가?

버스 안 사람들이 일제히 보은을 쳐다보았다. 어떤 이는 눈살을 찌푸리며 째려보기도 했고 어떤 이는 고개를 저으며 혀를 쯧쯧 차기도 했다. 창수는 사람들 시선에 민망해서 보은의 옆구리를 쿡 찔렀다. 미친 여자처럼 깔깔대던 보은이 갑자기 웃음을 뚝 멈추었다. 그러고는 언제 그랬냐는 듯이 안색을 굳히면서 창수를 보았다.

"사람들이 쳐다보니까 고역이지? 쌍팔년도 농담을 계속 듣고 있으려니까 나도 고역이다. 나, 괜찮으니까 애쓸 거 없어. 그냥 편안히 가자. 응?"

창수는 고개를 끄덕였다. 보은은 창밖으로 시선을 던졌다. 스쳐 지나가는 자동차의 불빛이 때때로 보은의 얼굴에 그림자를 만들었다. 무심히 바깥 풍경에 눈길을 주고 있는 보은의 표정은 편안해 보였다. 실연에 대한 서글픈 징후는 엿보이지 않았다.

왠지 혼자서만 종종거렸던 거 같다. 창수는 보은을 곁눈질하고선 작게 숨을 내쉬었다. 버스의 흔들거림이 요람의 흔들림처럼 편안히 졸음을 몰고 왔다.

버스에서 내려 지순네 카페로 접어드는 골목길에 들어서자 보은이 한 걸음 내딛고는 뒤돌아 창수를 보았다.

"오늘 고마웠어. 인제 혼자 갈게."

"응, 그래. 그럼. 또 살풀이가 필요하면 언제든 연락해."

보은이 단호한 표정으로 안녕을 고하기에 창수가 고개를 끄덕였다. 보은은 고개를 까닥해 보이고는 돌아서서 걷기 시작했다. 스윗 소로우의 간판이 깜박이더니 탁 하고 꺼졌다. 카페의 창 너머로 지순이 테이블을 정리하고 있는 게 보였다.

보은의 발걸음이 점점 빨라졌다. 카페의 문을 밀고 안으로 들어가자 등을 지고 있던 지순이 인기척에 고개를 돌렸다.

"보은아, 어쩐 일이야?"

늦은 시간, 친구의 뜻밖의 방문에 지순이 눈을 둥그렇게 떴다.

"……지순아!"

보은이 뛰어와 지순의 가슴에 안겼다. 여린 보은의 어깨가 크게 들썩이더니 흐느낌이 흘러나왔다.

"무슨 일이야? 응?"

지순이 보은을 안은 채 물었다.

"흐……흑 나, 차……였어!"

보은은 그 말만 하고는 지순에게 꼭 매달리며 아기처럼 울었다. 종일 참았던 눈물이 봇물 터지듯 흘러나와 지순의 앞섶을 흥건히 적셨다. 지순은 보은을 꼭 안아주었다.

시인 에밀리 디킨슨은 이별에 대해 이렇게 말했다.

이별은 우리가 지옥에서 경험할 수 있는 모든 것.

보은은 그 지옥의 한가운데에서 서럽게 어깨를 떨었다.

5
이별 후愛

아네모네 · 배신 덧없는 사랑

그리스 신 아폴론의 아들 오르페우스는 아름다운 목소리를 지닌 가수였다. 그가 리라를 켜며 노래하면 님프들은 숨을 죽였고 새와 짐승들도 귀를 기울였다고 한다. 오르페우스는 아내 에우리디케를 지극히 사랑했다. 그런데 어느 날, 에우리디케가 뱀에 물려 죽었다. 오르페우스는 슬피 울다가 아내를 찾아 저승으로 내려갔다. 저승의 왕 하데스와 왕비 페르세포네 앞에 서서 오르페우스는 리라를 켜며 아내를 돌려달라고 부탁했다. 그의 아름다운 노래에 넋을 잃은 하데스와 페르세포네는 에우리디케를 지상으로 돌려보내 주기로 약속했다. 대신 한 가지 조건이 있었다. 저승을 완전히 벗어나기 전까지 절대로 뒤를 돌아보지 말 것. 오르페우스는 기뻐하며 어두운 저승을 빠져나오다가 태양이 눈앞에 보이자 에우리디케가 잘 따라오는지 그만 뒤돌아보고 말았다. 그 순간 한줄기 바람이 일어나 에우리디케를 휘감고 사라졌다.

뒤돌아보지 말걸…….

오르페우스는 죽는 날까지 평생 그리 후회했으리라.

창수도 그랬다.

'내가 왜 뒤돌아가지고!'

괜찮은 줄 알았다. 생글생글 웃으며 오락도 하고 영화도 보고 버스에서는 미친년처럼 돌발 행동도 하고…… 그래서 실연의 상처가 크지 않은 것이라 여겼다. 그런데 그게 다 마음속 지옥을 잊기 위한 과장된 행동이었다니.

창수가 뒤돌아보았을 때 보은은 지순의 품에 안겨 가느다란 어깨를 떨고 있었다.

고장 난 텔레비전이 같은 장면만 되풀이하듯 그 여린 떨림이 창수는 자꾸만 생각났다. 잠자리에 누워서 또다시 그 모습이 생각나자 창수는 몸을 뒤집어 모로 누웠다. 그러고는 다시 양을 세기 시작했다.

'양 999마리. 양 1,000마리. 양 1,001마리…….'

벌써 몇 시간째인지 모른다. 시계는 어느새 새벽 3시를 향해 달리고 있었다.

'자자! 강창수, 응?'

창수는 베개를 머리 밑에서 꺼내 얼굴 위로 뒤집어썼다.

'양 1,558마리. 양 1,559마리…….'

오르페우스는 뒤돌아 아내를 잃었지만 창수는 뒤돌아 잠을 빼앗겼다.

*

돌담 위로 뻗어 나온 감나무 가지의 잎이 바람에 흔들렸다. 저녁노을이 어린 홍시는 붉게 익어 지나는 행인들의 발길을 붙잡았다. 민규의 집 앞에 서서 보은은 주홍빛으로 여문 감을 올려다보며 생각에 잠겼다. 이 집 앞에 마지막으로 서 있던 때가 떠올랐다.

열다섯 살이던 여름. 아버지가 돌아가신 지 채 한 달이 안 되던 어느 날, 썰렁한 빈집에 들어가기가 죽기보다 싫어서 무작정 걷다가 발길이 어느덧 이곳에서 멈추었다. 하지만 차마 초인종을 누를 용기도, 전화를 걸어 민규를 바꾸어달라고 말할 용기도 없었다. 그래서 바보처럼 멍하니 민규의 방을 올려다보며 몇 시간이고 서 있었던 것 같다.

그리고 그날 오후 서너 시쯤 되었을까. 골목길에 멋진 롤스로이스가 들어오더니 보은의 앞에서 멈추었다. 운전석에서 기사가 나와 뒷좌석 문을 열었다. 민규의 어머니인 혜수 아주머니가 차에서 내려 보은을 무섭게 노려보았다.

"부전자전이라더니 딱 그 꼴이구나. 느이 아버지도 너도 어쩜 이리 염치가 없니?"

이제껏 알아왔던 친절한 혜수 아주머니가 아니었다.

"느이 아버지 때문에 손해 본 돈이 얼만지 알아? 자그마치 10억이야, 10억! 민규 아빠가 사람이 좋아서 돈 잃고 친구까지 잃고 싶지 않다고 해서 여태껏 참았다만 내가 그 돈 생각만 하면 울화가 치밀어! 그래 놓고 무슨 낯짝으로 여길 찾아오니? 행여나 민규 보러 왔다면 앞으론 다시는 찾아오지 마. 우리 집에 이렇게 민폐를 끼쳐놓고 어떻게 그 얼굴을 디밀어? 양심도 없지."

혜수 아주머니는 한바탕 악다구니를 퍼붓고는 집 안으로 들어갔다. 굳게 닫힌 철문이 잠시 후 열리고 가정부 아주머니가 바구니 하나를 들고 나왔다. 아주머니는 바구니에서 소금을 한 줌씩 집어 문 앞에 뿌리기 시작했다. 공중에 뿌려진 소금들은 햇빛을 받아 하얗게 빛나며 알알이 흩어졌다. 보은은 보석처럼 빛나던 은빛 소금들의 모습을 카메라로 찍은 듯 아직도 뚜렷하게 기억하고 있다.

언제 비가 내렸는지도 몰랐다. 눈물에 눈앞이 뿌예서 누군가 우산을 씌워주었을 때에야 비가 오는구나, 하고 생각했다. 민규였다. 보은은 비가 눈물을 감추어주어 다행이라고 여겼다. 민규는 말없이 함께 걸으며 우산을 씌워주었다. 나중에 헤어질 때 민규의 한쪽 어깨가 비로 함빡 젖어 있는 모습 또한 보은의 머릿속에 또렷하게 사진 한 장으로 남아 있다.

골목길 끝에서 고급 중형차 한 대가 나타났다. 눈에 익은 차였다.

'민규 오빠다!'

보은은 반가운 마음에 한 발짝 내디뎠다가 조수석에 젊은 여자가 앉아 있는 걸 보고 멈칫했다. 재빨리 가까이 있는 전신주 뒤로 몸을 숨겼다. 차는 현관문 앞에서 멈추었다. 민규가 조수석 문을 열자 패리스 힐튼이 웃으며 내렸다. 민규가 차고에 차를 주차하는 동안 패리스 힐튼은 현관문의 초인종을 눌렀다. 인터폰으로 "누구세요?" 하는 목소리가 들렸다.

"어머니, 저예요."

딸칵 소리와 함께 현관문이 열리고 패리스 힐튼은 민규와 다정히 문 안으로 사라졌다. 보은은 전신주 뒤에서 나와 닫힌 문을 물끄러미 쳐다보았다.

얼마 전 시내에서 본 건 역시 민규였다. 그리고 그때 민규에게 팔짱을 끼고 걷던 여자도 패리스 힐튼이 맞았다. 갑자기 발밑이 푹 꺼지는 듯한 느낌이 들었다. 지축이 흔들리고 땅이 갈라지고 발아래 무한히 깊고 깊은 절벽이 입을 떡 벌리고 보은을 기다리고 있는 것 같았다.

"정말 여자 친구가 생긴 거구나."

보은은 가만히 중얼거렸다.

10년 전, 민규와 그렇게 헤어진 뒤로 보은은 일부러 연락을 끊었다. 그가 걸어온 전화를 몇 번 받지 않자 소식은 자연스럽

게 끊겼다. 민규와 다시 만난 것은 친구 따라 간 대학 축제에
서였다. 교정에 천막을 치고 연 일일 찻집에서 민규는 파전을
굽고 있었다. 5년 전, 5월의 일이다. 그 후, 둘은 이따금 연락
을 주고받았고 올여름에는 급속도로 친해졌다. 그런데 민규는
그걸 짝사랑이라 규정했다. 그렇다면 정말 이해 가지 않는 일
이다. 보은이 고백을 한 것도 아니고 스토커처럼 지독하게 쫓
아다닌 것도 아닌데 민규는 왜 다른 사람을 통해 이별을 통보
한 것일까. 그리고 만약 보은의 마음이 부담스러웠다면 그저
연락을 피하면 그만인데 굳이 이별이라는 형식이 필요했던
이유는 무엇일까.

보은은 묻고 싶었다. 민규에게 묻고 싶은 게 아주 많았다.
전화는 받지 않을지도 모른다는 생각에 이렇듯 집 앞에서 그
를 기다렸다. 하지만 패리스 힐튼을 보는 순간, 그 모든 질문
들이 무슨 소용인가, 싶었다.

*

보은이 스윗 소로우의 문을 열자 "어서 오세요" 하고 활기
찬 남자 목소리가 날아왔다. 영탄이 하얀 와이셔츠에 검은 앞
치마를 두른 싱그러운 모습으로 보은을 맞았다.

"어? 영탄 씨."

"잘 지내셨어요, 누나."

영탄이 환하게 웃으며 인사했다.

이럴 줄 알았으면 그냥 집으로 갈걸 그랬다. 보은이 멈칫거리는데 카운터 안쪽에서 지순이 나와 보은을 빈 테이블에 앉혔다.

"잠은 좀 잤어?"

걱정이 뚝뚝 묻어나는 목소리로 지순이 물었다.

"……너 혼자 일하면 힘들까 봐."

보은은 주말에는 지순네 카페 일을 돕고 있었다. 간밤에 지순과 카페에서 밤을 새우며 술을 마셨다. 새벽녘에 해장국을 먹고 나서 지순이 등을 떠미는 바람에 집에 들어갔다. 지순은 카페 걱정은 말고 쉬라고 했지만, 막상 쉬려니 잠도 안 오고 가슴만 답답했다. 그래서 민규를 만나러 갔다가 결국 이리로 발걸음을 돌렸다.

"얘는, 네가 지금 그거 걱정할 때니? 하긴 집에 혼자 있는 것보단 나와 있는 게 더 낫겠다. 영탄 씨, 여기 아메리카노 두 잔!"

지순은 쇼케이스에서 아이스크림을 컵에 담고 있는 영탄에게 주문을 했다. 영탄은 능숙한 솜씨로 주스 잔과 아이스크림 컵을 쟁반에 담고서 손님에게 건넸다. 눈을 마주치며 "맛있게 드세요" 하고 웃는 것도 잊지 않았다.

"어떻게 된 거야?"

"어차피 가게에 나와 커피만 마셔델 거 아냐? 그래서 전화해서 일찍 나오라고 했지."

지순 마님은 열심히 장작을 패는 머슴을 보듯 뿌듯하게 영
탄을 보았다. 보은은 고개를 끄덕였다. 아닌 게 아니라 영탄은
수정 씨의 생일 이벤트 이후로 시간만 났다 하면 가게에 들러
커피를 마시곤 했다. 지순에게 말 한마디 못 붙여보면서도 주
중에는 한두 번, 주말에는 꼬박꼬박 출근 도장을 찍었다. 그
노력이 가상해서 지순이 한두 마디 말이라도 붙여주면 영탄
은 얼굴이 빨개진 채 기쁜 표정을 지었다. 한 달 남짓 지나자
이젠 제법 지순에게 내성이 생겼는지 더듬거리기는 했지만
대답을 곧잘 했다.

"나…… 민규 오빠 집에 갔었어."

"뭐? 너!"

지순은 벌컥 화를 냈다가 이내 톤을 낮추고 물었다.

"그래서 만났어?"

보은은 고개를 끄덕였다.

"그치가 뭐래?"

"……."

"어우, 답답해! 소보로, 그만 좀 뜸 들여!"

"보……긴 했는데 얘긴 못 해봤어. 유선…… 씨랑 같이 있
더라."

"어? 소보로? 그럼 소보로가 보은 누나였어요?"

영탄이 커피잔을 테이블 위에 내려놓으며 깜짝 놀라 물었

다. 지순이 고개를 들고 영탄을 날카롭게 쳐다보았다.

"그게 무슨 소리야?"

"아…… 아무것도 아니에요. 재미있는 별명인 거 같아서…… 하하하."

영탄은 아차 하며 뒤돌아 도망가려 했다. 지순이 영탄의 소매를 잽싸게 붙잡아 빈 의자에 앉혔다.

"자세히 설명해 봐."

"아무…… 일도……."

영탄이 머리를 긁적이자 지순이 눈을 부릅떴다.

"사실은…… 일부러 엿들은 건 아닌데…… 원래 사장실을 쪼개 회의실을 만든 거라 회의실에서 사장실 소리가 잘 들리거든요……. 사장님이랑 사장님 남친분이랑 그날 문자 갖고 투닥투닥했는데, 아마도 남친분이 같은 문자를 소보로 누님이랑 사장님한테 보냈나 봐요. 그거 갖고 사장님이 사귀네 마네 하니까 변명하기를 문자를 잘못 보낸 거라고, 소보로 누님이랑은 아무 사이 아니라고…… 그냥 아는 동생인데 자기를 좋아하는 거라고요. 그때 창수 형이 와서 이별 사업 얘기를 하니까 사장님이 소보로 누님한테 이별을 통보해 달라고 의뢰한 거예요."

영탄은 보은의 눈치를 살피며 조곤조곤 설명했다.

"어휴, 그럼 김민규가 아니라 유선 씨가 의뢰한 거였어?"

"뭐, 둘이서 나중에 그 문제로 싸운 거 같긴 하지만 창수 형한테 취소한 건 아니니까 남친분도 동의한 셈이죠."

보은은 더 듣고 있기가 심난해 자리에서 벌떡 일어났다.

"나 갈게. 영탄 씨, 내일도 마저 부탁해요."

보은은 그 말을 남기고 재빨리 자리를 떴다. 지순이 뒤따라와 불렀지만 보은은 응답할 기운이 하나도 없었다.

*

"하하하, 이별 도우미라고? 오호, 강창수, 니가 드디어 인생이 뭔지 좀 아는 게로구나!"

털보는 창수의 명함을 보더니 호탕하게 웃었다.

"암, 남들 가는 대로 따라가면 인생 재미없지. 근데 영화 꿈은 어쩌고?"

"이게 제 영화예요."

"응?"

"여태껏 영화를 배우려고 계속 영화판에 기웃거렸잖아요. 그런데 하는 영화마다 쭉쭉 엎어졌죠. 언젠가 다시 일을 하겠지만 이젠 마냥 기다리지 않으려고요. 배우고 나서 내 영화를 찍느니 내 영화를 찍으면서 배워나가려고 해요."

창수가 확고한 얼굴로 말했다. 털보가 고개를 끄덕였다.

"그것 좋지. 그래, 어떤 영화를 찍으려고?"

장난기 가득했던 털보의 얼굴이 어느새 진지해졌다.

"우연히 이별 이벤트를 하나 맡았는데 그게 제 안의 뭘 건드렸어요. 구체적으로 설명하기 어렵지만 이 일을 하면서 누나에 대한 생각을 많이 했어요. 형님도 아시잖아요, 내가 왜 영화감독을 꿈꾸는지……."

"그래, 알지."

털보는 연영과 OT에서 솜털이 보송보송하던 창수를 처음 만났던 때를 기억했다. 설렘과 기대를 안고 꿈에 부푼 신입생들에게 선배들은 신고식을 핑계로 술을 진탕 먹였었다. 연영과 양조장이라 불리던 털보는 연방 폭탄주를 만들어 돌렸고 운 나쁘게 옆에 있던 창수는 집중 포격을 당했다. 그리고 몇몇 자취생들에게 좀비가 된 신입생들 처리가 맡겨졌을 때 털보는 "형, 형" 하며 술을 넙죽넙죽 받아 마시던 창수를 맡았다. 정신을 잃은 그를 대충 업고 자취방으로 가는 동안 창수는 훌쩍거리며 몇 번이고 다짐을 했다. 누나 대신 멋진 영화감독이 될 거라고.

"여태까지는 영화감독이 되어야겠다는 의무감만 있었지 무얼 찍고 싶은지, 어떤 얘기를 하고 싶은지는 막연했어요. 그런데 우연히 이별 이벤트를 맡고 감자마농국수랑 우메기를 준비하면서 이별이 차가운 것만은 아니구나……는 생각이 들었죠. 그때 바로 이거구나! 하며 필이 탁 왔죠."

"이별?"

"네. 이별은 사랑의 다른 이름이더라고요."

"오호! 좋구나!"

털보가 창수의 해석에 무릎을 쳤다.

"근데 일감은 있냐?"

"이제부터 찾아봐야죠."

창수가 머리를 긁적였다.

"그래? 아끼는 후배가 개업을 했는데 선배님이 가만있을 수
없지."

털보가 구레나룻을 쓱 훑더니 전화기를 들었다.

"여, 용가리! 너 며칠 전에 흥신소 아는 데 있느냐고 물었지.
그 일 맡겼냐?"

털보는 수화기에 대고 말하며 창수를 향해 눈을 찡긋했다.

월척이다! 대어도 보통이 아닌 대어다!

용가리는 인기 아이돌 그룹 엔젤스위트의 매니저였다. 털보
형님의 소꿉친구인 용가리에게는 요새 고민이 하나 있었다.
엔젤스위트의 리더인 이현서의 여자 친구를 어떻게 잡음 없
이 떼어놓느냐가 문제였다. 상대 아가씨가 성격이 보통이 아
니고 이현서에게 지극정성이다 보니 섣불리 이별을 통보했다
가는 스포츠 일간지의 일면을 차지하게 될지도 몰랐다. 그래
서 용가리는 하소연 삼아 어디 아는 흥신소 없느냐고 털보에
게 농담했던 것이다.

"둘이 사귀었다는 거 기자들이 냄새 맡으면 골치 아파져. 대

박 CF 따냈는데 스캔들 터지면 이미지 떨어져서 안 돼."

문이 꼭꼭 닫혀 있는 사무실에서 누가 들을세라 용가리는 소곤거리며 말했다.

"걱정 마. 얘가 이런 방면에서는 베테랑이야. 이름은 말할 수 없지만 얼마 전엔 탤런트 L모 양의 이별도 얘가 잡음 없이 해결했다니까."

털보가 창수의 어깨를 툭툭 두드리며 장담했다. 창수는 눈을 둥그렇게 뜨고 털보 형님을 쳐다보았다.

"그게⋯⋯."

창수가 정직하게 사실을 얘기하려는데 털보가 탁자 밑으로 창수의 발을 꾹 밟았다. 창수는 입만 뻐끔하며 아픈 발을 살살 만졌다. 용가리가 의아한 듯 보자 털보가 벌떡 일어나 친구에게 다가가 어깨동무를 했다.

"용갈아, 너 나 믿지?"

"그렇지."

"나도 내 후배지만 창수 쟤 믿거든. 내가 믿으면 너도 믿는다. 그렇지? 하하하."

털보와 용가리가 우정을 다지고 있는데 똑똑 노크 소리가 들리더니 곧바로 문이 열렸다. 훤칠한 키의 조각 같은 이현서가 들어와 털썩 앉으며 양손을 소파 등받이에 걸쳤다.

"이 친구야?"

이현서가 건방진 시선으로 창수를 위아래로 훑었다.

"그래. 이별 통보 회사의 대표란다."

"풋, 뭐 그런 웃긴 회사가 다 있어?"

이현서는 주머니에서 껌을 꺼내더니 짝짝 씹었다. 이제 스물한 살이라고 했나? 여덟 살이나 어린 녀석이 나이 많은 형들 앞에서 반말을 찍찍 놓으며 껌을 씹어대자 창수는 바른 생활 청년의 의기가 분연히 치솟아 올랐다. 하지만 상대는 클라이언트, 게다가 대어다!

"연수 걔가 나한테 푹 빠져 있어서 좀 어려울 텐데……."

연수? 탤런트 정연수? 요즘 드라마에서 알츠하이머 환자로 수많은 오빠 부대의 눈물샘을 자극하고 있는 청순가련한 정연수?

창수는 뒤통수를 한 대 맞은 기분이었다. 연예인에 환호할 나이는 진즉 졸업했지만 정연수는 창수가 좋아하는 몇 안 되는 여자 연예인 중 하나였다.

"걔가 나이는 어려도 열세 살에 데뷔해서 연예계 10년 묵은 여우야. 기분 좋을 땐 나긋나긋하지만 화날 땐 물불 안 가려. 작년에 탤런트 선배 뺨을 때려서 소속사에서 소리 없이 무마하느라 애 좀 먹었지. 뭐, 그 선밴가 하는 여자가 먼저 연수 성질을 건드리긴 했지만……. 아무튼 그래서 지금껏 이별도 못 하고 질질 끈다니까. 만나자고 전화 올 때마다 핑계 대느라 아주 짜증 나 죽겠어."

현서는 미간을 찌푸리며 귀찮다는 표정을 지어 보였다. 나이는 정연수에 비해 이현서가 두 살 더 어렸다. 어른한테나 연인한테나 버릇없기는 마찬가지인 것 같았다.

'아우, 저걸 한 대 팍 쥐어박을 수도 없고……'

창수는 시건방진 이현서의 말을 듣고 있으려니 이마에 스팀이 오르는 것 같았다.

"그러면 정연수 씨의 자존심을 건드려서는 안 되겠군요. 싫어서 헤어지는 게 아니라…… CF 계약 조건 때문에 헤어지는 걸로 하죠. 사랑하지만 일 때문에 어쩔 수 없이 눈물의 이별을 하는 걸로."

짝짝짝! 이현서가 박수를 쳤다.

"아, 이 형! 뭘 좀 아는데? 맘에 들어."

현서가 씩 웃었다. 그러고는 창수의 어깨를 툭툭 치며 "잘 부탁해!" 하고 말했다.

"자, 그럼 현서도 오케이했으니까 세부 계획을 짜자고."

용가리가 주위를 환기시켰다.

"제일 좋은 건 현서 씨가 분위기 좋은 곳에서 정연수와 데이트한 후에 사정을 잘 설명하는 거죠."

"그건 싫어! 난 여자가 질질 짜며 매달리는 거 딱 질색이야. 그럴 거면 내가 뭐하러 댁한테 일을 맡기겠어?"

이현서가 정색을 했다.

"지금은 이별 통보 방법보다는 통보 후 상대가 얌전히 물러나 주느냐가 관건 아닌가요? 그러려면 상대를 잘 달래야죠."

"그건 그래, 현서야."

용가리도 맞장구를 쳤다.

"어쨌든 싫어. 분명 연수 걔 울고불고 난리칠걸. 그건 귀찮아."

이현서가 고개를 저었다. 창수는 한숨을 혹 쉬었다.

많은 사람들에게 너무 많은 사랑을 받은 게 원인일까? 이런 철딱서니 없는 녀석 같으니라고. 제 동생이었으면 엎어놓고 엉덩이를 팡팡 때려줘도 시원찮을 것 같았다.

"다른 방법은?"

용가리가 간절한 눈빛으로 창수를 보았다.

"그렇다면 돈 좀 쓰셔야죠."

창수가 단호하게 말했다.

*

창수는 휘파람을 불면서 〈해피투게더〉가 있는 건물로 들어섰다. 로비에서 엘리베이터를 기다리면서 휴대폰을 만지작거린 그는 보은에게 전화를 걸었다. 서영은의 〈혹시 돌아올까봐〉가 컬러링으로 흘러나왔다.

"왜?"

"내가 누군 줄 알고 대뜸 왜야?"

"누구긴. 사랑 파괴자지. 무슨 일이야?"

휴대폰 너머의 보은은 꽤나 쌀쌀맞았다.

'톡 쏘아붙이는 거 보니까 죽지는 않았군.'

창수는 조금 마음이 놓였다.

"VVIP 고객님이 잘 지내고 있나 해서. 서비스 점검 차원에서 전화했지."

창수는 엘리베이터 문이 열리자 안으로 들어가 3층 버튼을 눌렀다.

"고객님은 잘 못 지내고 있어. 어떤 자식 때문에……."

'에구구, 주말에 혼자 땅 파고 있었고만.'

창수는 속으로 혀를 쯧쯧 차며 엘리베이터에서 내렸다. 그리고 복도를 걸어 〈해피투게더〉 사무실 문 손잡이를 잡았다.

"그래? 그럼 심리 상담 서비스를 받을래? 살풀이 서비스를 받을……."

창수가 문을 열자마자 불쑥 영탄이 나왔다. 이벤트가 있는지 두꺼비 아저씨와 이실장이 파란 조끼를 입고 줄줄이 사탕처럼 엮여 나왔다.

"어디 가?"

"네, 저녁에 프러포즈 이벤트 있어요."

"유선은?"

"사장님은 세미나 때문에 사무실 안 나왔어요. 그리고 형, 손님 왔어요."

영탄이 한숨을 훅 내쉬었다. 영탄은 두꺼비 아저씨를 따라

가며 똥 마려운 강아지처럼 끙끙거리면서 자꾸 이쪽을 쳐다
보았다.

'왜 저러지?'

창수는 영탄을 향해 입 모양만 움직여 '힘내!' 하면서 오른
손으로 파이팅을 해 보였다. 그리고 문 안으로 들어서며 다시
전화기를 귀에 댔다.

"미안. 심리 상담 서비스가 좋아? 살풀이가 좋아?"

"살풀이가 좋겠어."

"좋아. 그럼……."

말이 채 끝나기도 전에 회의실 문이 열리며 휙 뭔가가 날아
왔다. 창수는 본능적으로 재빨리 피했다. 곧이어 슉슉 소리와
함께 비비탄이 콩 튀기듯 날아왔다.

"뭐…… 뭐야?"

창수는 오른손을 들어 얼굴을 가리며 외쳤다. 보은이 양손
에 총을 쥐고 카우보이처럼 위풍당당하게 서 있었다.

"뭐긴! 성의의 살풀이지!"

보은이 사정없이 총을 다다다 쏘아댔다. 툭툭툭툭! 비비
탄이 창수를 맞히고 장렬히 바닥으로 떨어져 내렸다. 창수는
'비 사이로 막 가' 신공을 펼치며 보은에게서 비비총을 빼앗
았다.

"무슨 짓이야?"

"살풀이!"

창수는 어이가 없어서 보은을 바라보았다. 보은은 불만에 찬 표정으로 창수를 쏘아보고 있었다.

"그 남자가 그렇게 좋아? 그래, 해라, 해! 이렇게 해서라도 맘이 풀린다면……."

창수는 들고 있던 비비총을 보은에게 건넸다.

"쳇, 누가 하라면 못 할 줄 알고?"

보은은 비비총의 공이를 있는 힘껏 당겼다. 슉. 비비탄이 쌩하고 날아와 창수의 팔을 맞혔다.

"앗 따거! 좀 살살해!"

"내가 살살하게 생겼어? 흥, 뭐가 VVIP라는 거야! 거짓말쟁이!"

슉.

탁.

"나쁜 놈! 수전노! 돈 몇 푼에 남 사랑에 찬물을 끼얹어!"

슉.

탁.

창수는 보은이 쏟아내는 말에 단순한 살풀이가 아님을 깨달았다.

"정말 기가 막혀서……. 뭐? 2 대 8이 어쩌고 4 대 6이 어째?"

슉.

탁!

비비탄이 창수의 가슴을 때렸다. 급소를 맞은 듯 창수의 얼굴이 하얘졌다.

"어……."

"나쁜 놈!"

어느새 보은의 눈가에는 맑은 눈물이 방울방울 맺혀 있었다. 창수는 할 말이 없었다.

"미안……."

"사과해도 소용없어. 댁한테는 남의 사랑이 그저 흥정거리밖에 안 되는 거였어! 절대 용서 못 해!"

보은이 눈물을 쓱 훔치며 다짐하듯 말했다.

"그래, 용서하지 마."

"계속 괴롭혀줄 거야."

"응, 괴롭혀."

창수가 순순히 대답했다.

"이별통보단…… 나도 할 거야."

"그래. 응? 뭐라고?"

창수가 대답하다가 그 말의 의미를 깨닫고 놀라 되물었다.

"옆에서 지켜볼 거야. 아름다운 이별이라고? 웃기시네. 아름다운 이별 따윈 없어. 이별은 다 나쁜 거야. 그러니까 지켜볼 거야. 댁이 사랑하는 연인들 사이에 끼어들어 그 사람들 찢어놓는 거…… 그거 후회하는 거 옆에서 꼭 지켜볼 거야."

"하지만……."

창수는 차마 뒷말을 잇지 못했다. 2 대 8과 4 대 6의 비밀을 알고 있으니 오매불망 짝사랑하는 남자의 새 여친이 유선인 것을 보은도 잘 알 터였다.

"왜? 나라고 못 할 거 같아? 유선 사장한테 말해서 내 책상도 하나 마련해 놔."

"괜찮겠어? 유선이……."

창수가 한숨을 내쉬며 물었다. 순간 보은의 눈빛이 흐려졌다. 보은이 입술을 꾹 깨물었다.

"그래. 괜찮아. 내가 댁 미워하니까…… 괜찮아."

'사랑했던 사람을…… 미워할 수는 없으니까……그러니까 댁 미워할 거야. 죽도록 미워할 거야. 그러니까…… 괜찮아.'

보은은 씁쓸히 생략된 말을 삼켰다.

*

"좋은 아침입니다!"

유선이 경쾌하게 회의실에 모인 직원들을 둘러보며 말했다. 회의실에는 유선의 왼쪽에 앉은 영탄을 위시해 두꺼비 아저씨, 이실장, 경리 아가씨를 비롯해 직원들 대여섯 명과 창수, 보은이 둥글게 앉아 있었다.

"다들 알고 있겠지만 〈해피투게더〉에 새로운 식구가 들어왔어요. 우리 〈해피투게더〉의 자회사로서 〈이별통보단〉이 새

롭게 창설되었습니다. 자, 이별 도우미 강창수 팀장님, 이보은
주임입니다. 모두들 박수로 맞아주세요."

유선의 소개에 창수와 보은이 일어나 동료들에게 꾸벅 인사
했다.

"잘 부탁드립니다. 강창수입니다."

"잘 부탁해요. 소보은입니다."

"자회사이긴 하지만 〈이별통보단〉은 우리 〈해피투게더〉와
별도로 움직이게 될 거예요. 하지만 같은 사무실을 쓰는 만큼
서로 긴급한 일이 있을 때는 협조 부탁드려요. 그리고 오늘 메
인 일정인 이끝순 할머니의 환갑잔치, 차질 없도록 꼼꼼히 챙
기세요. 그럼 오늘 회의는 이만 마치죠."

유선이 일어나자 직원들도 하나둘 일어나 회의실을 빠져나
갔다.

"창수야, 나 좀 봐."

유선은 사장실로 가며 창수를 불렀다.

사장실에 놓인 협탁을 사이에 두고 유선과 창수가 마주 앉
았다. 곧 경리 아가씨가 들어와 커피잔을 두 사람 앞에 각각
놓아주었다. 김이 모락모락 나며 은은한 커피향이 퍼졌다. 유
선이 잔을 들고 한 모금 마시더니 싱긋 웃었다.

"시작이 좋네. 놀랐어. 벌써부터 이런 큰 건을 물어올 줄
은……"

"하하, 뭐……"

"사실, 네 제안…… 오케이를 하긴 했지만 사업성이 있을지는 확신이 없었거든. 그런데 시작을 보니 전조가 좋다. 너도 나름 야심 찬 계획이 있었으니까 소보은 씨도 영입한 거겠지?"

지긋이 보는 유선의 눈길에 창수는 속으로 뜨끔했다.

"하하, 그렇지 뭐."

창수는 바늘방석에 앉은 것처럼 엉덩이가 들썩들썩했다. 유선이 소보로와 소보은이 동일 인물인 걸 지금은 모르지만 들통 나는 건 시간문제였다.

"만난 지 얼마 되지 않았는데 꽤 친해졌나 보네."

유선이 은근히 물었다.

"친하진 않고 일로 좀 묶여 있지……."

"무슨 일?"

유선이 궁금하다는 듯 눈을 반짝였다.

"그냥……."

창수가 얼버무리자 유선은 왠지 아쉬움을 느꼈다. 하지만 더 캐지 않고 말머리를 돌렸다.

"그 여잔 어때? 민규 씨한테 다시는 연락 안 하겠대? 순순히 알았다고 해?"

'만신창이지. 연락은 안 하는 대신 〈해피투게더〉에 출근하고 있고.'

"하하, 말귀를 잘 알아듣더라고. 다시는 김민규 씨를 귀찮게 하지는 않을 거야."

창수의 머릿속에는 김민규와 이유선, 그리고 소보은이 사무실에서 삼자대면하는 모습이 그려졌다. 그렇게 되면 핵폭탄이 터지는 거다.

'김민규…… 그 남자를 사무실에서 떼어놔야 해.'

창수의 눈빛이 굳은 의지를 발했다.

'뭐라고…… 핑계를 대지?'

"그런데 좀 섭섭하다."

"뭐가?"

"나한테 사귀자고 해놓고 그새 딴 남자를 사귀냐?"

품 콜록. 여유롭게 커피를 마시던 유선이 갑자기 기침을 했다. 손에 들고 있던 머그잔에서 커피가 쏟아졌다. 창수는 황급히 티슈를 뽑아 유선에게 건넸다.

"괜찮아?"

"안 괜찮아. 네가 이상한 소리 하니까 놀랐잖아."

유선은 동요한 마음을 숨기며 티슈로 손에 묻은 커피를 닦았다.

"하하, 그러게. 그래도 그 얘기 듣고 한동안 싱숭생숭했거든. 근데 네가 민규 씨랑 있는 거 보니까 좀 질투가 나더라."

"정말?"

그럼 그렇지.

제 매력이 창수에게 통했다니 유선은 흐뭇했다.

"그래. 그러니까 당분간 김민규 씨, 회사 드나들지 않았으면 좋겠다. 동창으로서 그 정돈 배려해 줄 수 있지?"

유선은 빙그레 웃으며 고개를 끄덕였다.

*

"이게 정말 물방울 다이아야? 보석계의 앙드레 김인 장근석 씨가 디자인한?"

보은은 영롱한 빛을 발하는 목걸이와 귀걸이 세트를 보며 감탄사를 연발했다. 섬세하고 우아한 세팅은 여자들의 로망을 모조리 품고 있는 듯했다.

"자꾸 열어보지 마. 닳아."

창수가 운전하면서 보은에게 핀잔을 놓았다.

"나, 딱 한 번만 해보자."

보은이 애절한 눈빛으로 창수를 바라보았다.

"안 돼. 보기만 해도 닳는데 만졌다가 지문이라도 남기면 어쩌려고."

"칫."

보은은 투덜거리며 아까운 듯 보석 상자를 쇼핑백에 넣었다. 그러고는 부루퉁하게 앞만 보았다.

"그렇게 부러워?"

"하나도 안 부럽네요! 이별하려고 던져주는 선물 따위…….
이현서…… 그동안 쏟은 내 팬심이 아깝다."

보은은 무릎 위에 얌전히 놓인 핸드백에서 엔젤스위트의 심벌을 툭 치면서 말했다. 두 사람은 지금 춘천에 내려가는 중이었다. 요새 인기 드라마인 〈당신인가요?〉의 주 무대가 춘천인지라 정연수도 그곳에서 촬영 중이었다.

"연수…… 맘 여린 앤데 잘 견디려나?"

보은이 혼잣말처럼 중얼거렸다.

"정연수, 알아?"

"알지. 당연히! 내가 발이 좀 넓거든."

보은이 뻐기며 으스댔다.

"하긴 알겠지. 아이돌 이현서도 아는데 꽃미녀 정연수를 모를까……."

창수가 당연하다는 듯 고개를 끄덕였다. 보은이 흘깃 창수를 야렸다.

연수는 폴라 상의를 벗다가 갑자기 "아얏" 하고 소리를 질렀다. 오른쪽 귀가 총에 맞은 듯이 아팠나.

"왜 그래, 연수야?"

매니저 희란이 물었다.

"귀걸이…… 걸렸어."

연수는 옷을 벗지도 도로 입지도 못하고 옷 속에 파묻힌 채 낑낑거리며 말했다.

"잠깐만."

희란은 연수에게 다가가 상의에 걸린 귀걸이를 조심스럽게 손으로 잡았다. 링에 큐빅이 박힌 이니셜이 장식처럼 붙어 있는 귀걸이였다.

"아, 조심해!"

"응, 옷의 올이 이니셜 장식에 엉켰어. 조금만 참아."

희란이 귀걸이를 잡고 엉킨 올을 한 올 한 올 푸는데 갑자기 툭, 링과 이니셜의 이음매가 끊어졌다.

"어머!"

희란이 옷에서 귀걸이를 풀어내며 낮게 소리쳤다. 겨우 옷을 벗은 연수의 얼굴은 벌겋게 상기되어 있었다. 연수는 속상한 듯이 희란의 손안에 놓인 귀걸이를 보았다. 그 귀걸이는 연수가 아끼는 거였다. 현서가 처음으로 선물해 준 귀걸이.

불길한 일을 미리 예고해 주는 듯한 느낌.

기분이 좋지 않았다. 요 근래 연수는 불안한 느낌에 자주 휩싸이곤 했다. 현서의 태도가 전과 달라졌다. 그도 그녀도 바쁜 스케줄에 쫓기느라 만나기는커녕 통화하기도 쉽지 않았지만 분명 달라졌다. 물론 여전히 꼬박꼬박 통화하긴 했다. 하지만 수화기 너머로 들려오는 연인의 목소리에는 어느 순간부터 짜증이 묻어나오고 있었다.

연수는 저도 모르게 이맛살을 찌푸렸다.

"미안. 보석상에 가서 금방 수리 맡길게."

희란은 연수의 눈치를 살피며 얼른 말했다. 이 귀걸이를 연수가 얼마나 아끼는지 희란도 잘 알고 있었다.

"그 사람들 언제 온다고 했지?"

"3시. 곧 올 때 됐네."

연수는 시계를 흘끗 보았다. 2시 55분.

현서가 보내는 심부름꾼. 끊어진 귀걸이.

연수는 작게 한숨을 내쉬었다.

"보은 언니?"

연수는 창수와 함께 들어서는 보은을 보고 깜짝 놀랐다. 방금 전까지 우울한 기분에 빠져 있었던 것도 잊고 연수는 반가운 얼굴로 보은의 두 손을 꼭 잡았다.

"으……응. 기억하고 있었네. 하도 오래전이라 기억 못 할 줄 알았는데."

보은이 주춤하며 대답했다. 창수는 보은과 연수를 번갈아보았다.

'아는 사이라더니 진짜 아는 사이였네. 그래서 문 앞에서 혼자 들어가라고 버텼나?'

"둘이 아는 사입니까?"

"물론이죠! 우린 같이 데뷔했는걸요! 주니어 잡지 〈하이틴〉 알죠? 2001년 하이틴 모델 선발 대회에서 언니가 진, 제가 선을 했죠!"

"예에?"

창수는 믿을 수 없다는 듯이 뜨악한 눈으로 보은을 보았다. 그러나 보은은 그녀답지 않게 뻐기기는커녕 씁쓸한 미소만 짓고 있었다.

"언니, 어떻게 지냈어? 한 번쯤은 언니 볼 줄 알았는데……. 정말 그만둔 거야? 그때 그 일 때문에?"

보은은 이 자리가 참 부담스러웠다. 어린 나이였는데도 연수는 그때 일을 다 기억하고 있는 모양이었다. 보은은 떠올리고 싶지 않은 옛일이 스멀스멀 머릿속에서 피어오르자 털어버리듯이 고개를 저었다.

"미안…… 역시 난 밖에 나가 있을게."

보은은 황급히 대기실을 나갔다.

"정말 그때 일이 트라우마로 남았나 보네."

연수가 보은이 나가고 닫힌 문을 황망히 보며 안타까운 듯이 중얼거렸다. 그러고는 창수를 보며 물었다.

"근데 용건이 뭐죠?"

"하하, 그게 말입니다……."

창수는 미묘하게 틀어져버린 상황에 속으로 식은땀을 흘렸다. 보은과 연수가 아는 사이라는 게 제삼자라는 이별통보단의 객관성을 깨뜨리고 말았다. 창수는 머릿속으로 미리 준비해 온 멘트를 차근차근 풀어나가기 시작했다.

"……이현서 씨는 진심으로 이 상황을 안타까워하고 있어요. 하지만 스타로서 한 단계 올라갈 수 있는 일이니 연수 씨가 뒤에서 말없이 응원해 주면 어떨까요. 그러면 현서 씨도 무척 고마워할 겁니다."

창수는 이별 선언을 돌리고 돌려 말하며 작은 쇼핑백을 연수에게 건넸다. 연수가 쇼핑백에서 리본으로 곱게 장식된 보석 상자를 꺼냈다. 상자를 열자 엽서가 있었다.

다시 만나는 그날까지 행복해!

"물방울 다이아군요……."
"네."
"우리 100일 때 현서가 그랬거든요. 1년이 되면 영원한 사랑의 증표로 다이아몬드 반지를 둘이 사이좋게 나누어 끼자고……. 그래서 내가 그랬죠. 물방울 다이아가 좋겠다고."
연수는 쓸쓸히 미소 지었다.
"현서는 쉽게 싫증을 잘 내요. 그 전 연애는 6개월을 넘긴 적이 없죠. 우리는 1년 가까이 사귀었으니 길게 연애한 셈이네요. ……알았어요. 현서에게 잘 지내라고 전해주세요."
연수는 담담하게 말했다.
"예? 아아, 예."
예상 밖의 차분한 반응에 창수는 오히려 불안했다. 용가리 형님에게 들은 바에 따르면 정연수의 현서 사랑은 지극정성 자체였다. 그런데 이별 앞에서 이렇게 담담하다니!

"괜찮으십니까?"

연수가 고개를 끄덕였다.

"어느 정도는 예상했어요. 함께 있을 때도 외로움을 진하게 느낀 적이 요즘 들어 많았거든요. 난 말이에요, 현서 만나면서 현서 때문에 안 해본 걸 참 많이 해봤어요. 직접 목도리도 떠보고 십자수로 핸드폰 고리도 만들고 요리도 하고……. 지난 밸런타인데이 때에는 직접 만든 초콜릿을 주고 싶어서 다음 날 새벽부터 촬영에 들어가야 했는데도 밤새 초콜릿을 만들었죠. 현서가 감기에 걸려 아팠을 때는 부산에서 촬영 중이었는데 몇 시간 짬을 내서 서울에 와 직접 죽을 끓여주기도 했죠. 그 일 때문에 감독님한테 무지 혼났지만……. 난 현서에게 해주고 싶은 게 있으면 모두 해주었어요. 그러니까 괜찮아요. 후회 없이 사랑했으니까."

연수는 보석 상자의 뚜껑을 닫고 쇼핑백에 도로 넣었다. 그러고는 창수에게 내밀었다.

"자, 이거. 마음만 받을게요. 행복하길 바란다고 현서에게 전해주세요."

창수는 대기실을 나와 주위를 두리번거렸다. 보은은 어디에도 보이지 않았다. 1층 로비를 지나 건물 밖으로 나오자 화단 쪽 포플러나무 아래 벤치에 앉아 있는 보은의 뒷모습이 보였다. 벤치 쪽으로 다가가다가 창수는 문득 걸음을 멈추었다. 등을 진 보은의 어깨가 가느다랗게 떨리고 있었다.

정말 그때 일이 트라우마로 남았나 보네.

정연수의 말이 떠올랐다.

트라우마라더니 대체 무얼까? 창수는 궁금해졌다. 저렇게 애처롭게 어깨를 떨며 우는 이유는 무엇일까.

창수는 물끄러미 보은의 뒷모습을 바라보다가 다시 발길을 돌렸다. 대기실 문을 가볍게 노크하고 들어서자 인기척에 정연수가 뒤돌아보았다. 거울 앞 화장대 의자에 앉아 있던 그녀의 두 눈에 눈물이 그렁그렁 맺혀 있었다.

"앗! 죄송합……."

창수는 난감해서 황급히 문을 닫으려 했다.

이별 앞에 담담했지만 마음이 아픈 것은 어쩔 수 없나 보았다. 정연수는 촉촉이 젖은 얼굴을 손으로 훔치고는 말했다.

"괜찮아요. 들어와요."

"실례합니다."

창수는 겸연쩍어하며 어색하게 안으로 들어갔다. 연수는 무슨 일이냐는 듯 창수를 보았다.

"저…… 아까 트라우마라고 하셨는데……."

"아, 보은 언니요?"

창수는 고개를 끄덕였다.

"보은 언니…… 이젠 사진 찍을 때 잘 웃나요?"

"네? 글쎄요. 그건 잘……. 만난 지 얼마 안 된 사이라……."

창수는 고개를 저었다.

"그렇군요. ……보은 언니랑 저는 같은 소속사 모델이었어요. 우리가 오란씨 CF를 찍을 때였죠. 그 당시 보은 언니는 아버지 사업이 쫄딱 망해서 언니가 버는 돈으로 생활을 꾸려나가고 있었어요. 그런데 촬영 도중에 갑자기 집에서 연락이 온 거예요. 아버지가 병원에 실려 갔으니 어서 오라고. 언니는 안 갔어요. 한창 촬영이 진행 중인 햇병아리 모델이 그 모든 걸 접고 나갈 형편도 안 되었지만 그런 일이 전에도 몇 번 있었는지 언니는 안 가도 된다고 했죠. 어차피 아버지가 술을 진탕 마시고 위경련을 일으켰을 거라고……. 우리는 감독님 지시에 몇 시간이고 카메라 앞에서 웃음을 지었어요. 나중에는 하도 웃어서 양 볼이 얼얼할 지경이었죠. 새벽에 촬영이 끝나자마자 언니는 병원으로 갔어요. 아버지는…… 언니가 도착하기 몇 분 전에 돌아가셨대요. 내내 언니를 찾았다고 하더라고요. 언니는 그 일로 충격을 많이 받았어요. 아버지가 애타게 찾을 때 자기는 카메라 앞에서 방긋방긋 웃고 있었다고 스스로를 자책했죠. 그 일이 있은 후 언니는 카메라 앞에서 웃지 못했어요."

창수는 가슴이 먹먹한 채 가만히 듣고만 있었다.

"보은 언니는 나오미 캠벨 버금가는 모델이 되고 싶어했어요. 그래서 난…… 일하다 보면 언젠가 다시 언니를 볼 수 있을 거라 생각했죠. 그런데 언니는 이제는 전혀 다른 일을 하고 있군요."

정연수가 안타까운 어조로 말을 마쳤다.

*

"어디로 가는 거야?"

큰 도로에서 빠져나와 비포장도로로 접어들자 보은이 의아한 듯 물었다.

"춘천에 왔으면 닭갈비는 먹고 가야지."

차는 이내 어느 기와집 앞에서 멈추었다. 대문에는 손님을 맞이하는 청사초롱이 걸려 있었다.

"와, 이런 곳은 또 어떻게 알았대?"

사랑방에 앉아 뜰을 내다보며 보은이 물었다. 뜰 한쪽에 있는 작은 연못에는 장난감 같은 물레방아가 빙글빙글 돌아가며 졸졸졸 물을 흘려보내고 있었다. 열린 창호지 문 사이로 시원한 가을바람이 솔솔 불어왔다. 누렁이 한 마리가 바닥에 드러누워 졸린 눈으로 이쪽을 무심히 보고 있었다. 한가롭고 정겨운 풍경이었다.

"영화 일할 때 선배 형 따라서 사전 답사를 온 적이 있어. 내가 몇 번 춘천에서 닭갈비를 먹어봤는데 이 집이 제일 맛있어."

창수가 철판 위에서 지글거리는 닭갈비를 주걱으로 뒤집으며 말했다.

"자, 먹어보라고."

창수가 보은의 접시에 잘 익은 닭갈비 한 점을 놓아주었다. 보은이 상추에 갈비와 고추, 마늘, 된장을 올려 쌈을 싸서 입 안 가득 넣고 오물거렸다.

"정말 맛있네."

"아직 그 말 하기는 일러. 진짜는 따로 있어."

보은은 고개를 갸웃했다. 메인인 닭갈비 말고 또 뭐가 있다는 건가? 하지만 눈앞에 진수성찬이 있는데 생각 따위 할 겨를이 없었다. 매콤 달달한 양념에 밥을 볶아 바닥에 눌은 밥알까지 싹싹 긁어 먹고 나서 보은은 포만감에 만족스럽게 미소 지었다. 고운 생활한복을 입은 아주머니가 쟁반에 후식을 담아 왔다. 먹음직스런 주홍색 감에 하얀 성에가 설탕처럼 오소소 얹어진 감 셔벗이었다.

"닭갈비가 지상 최고의 맛이라고 하면 이건 바로 천국의 맛이지!"

보은은 찻숟가락으로 감 셔벗을 한입 떠 입에 넣었다. 그러고는 눈을 동그랗게 뜨고 "오! 오!" 하고 감탄을 늘어놓았다.

"와, 진짜! 천국이 따로 없네!"

"그렇지?"

"응."

보은은 행복한 얼굴로 감 속을 파먹는 데 여념이 없었다. 창수는 그 모습을 물끄러미 바라보다가 아까부터 맘속에 꾹꾹 눌러놓았던 말을 꺼냈다.

"정연수 씨한테 네 트라우마에 대해 들었어."

그 말이 떨어지자마자 뚝, 열심히 숟가락질을 하던 보은의 손이 멈추었다.

"그리고 아까 네가 우는 것도 봤어."

보은은 고개를 수그린 채 말이 없었다. 갑자기 창수가 보은에게 알밤을 한 대 먹였다. 콩 하고 머리를 때리는 아픔에 보은이 고개를 들어 창수를 째려보았다.

"아프잖아!"

"아프라고 때린 거야. 근데 오해하지는 마. 이건 내가 때리는 게 아니라 느이 아버지가 때리는 거다."

"뭐?"

"아직도 그 일을 가슴에 품고 있는 거냐? 바보같이…… 쯧쯧, 하시는데?"

보은이 어이없다는 듯 고개를 저었다.

"댁이 뭘 알아. 아무것도 모르면서……."

"알아."

"아니, 몰라!"

"기억나?"

"……"

"내가 빚이 있다고 한 거……. 그 빚…… 내가 우리 누나한 테 진 거야. 카지모도가 에스메릴다의 사랑을 얻는 이야기, 그 거 우리 누나 꿈이지."

창수는 차분하게 누나의 이야기를 풀어나갔다.

누나가 죽고 한동안 어린 창수는 밤을 무서워했다. 자기 때 문에 죽었으니까 누나가 분명 귀신이 되어 나타날 거라고 믿 었다. 그러던 어느 날, 정말 누나가 나타났다. 하지만 누나는 하얀 소복을 입지도, 얼굴에 피를 흘리지도 않았다. 그냥 보통 때 모습 그대로였다.

"누나를 보고 나는 눈물 콧물을 흘리며 사과했어. '누나, 미 안해. 정말 미안해'라고. 나는 누나가 화를 낼 줄 알았어. 너 때문이야, 하고 날 미워할 줄 알았어. 그런데 누나는…… 바 보, 라고 하더라. 그러면서 날 꼭 안아주었지. 난 그 일이 정말 꿈인가 싶어. 누나가 날 안아주던 포근한 그 느낌, 바보라고 야단치던 그 말…… 지금도 너무 생생하거든."

창수의 눈은 꿈결을 더듬는 듯 아련했다.

"그러니까 내 말 믿어. 10년 전 일을 지금도 아프게 가슴에 새기고 있는 널 보면 분명 네 아버지도 그럴걸? 바보, 라고!"

*

창수는 카메라 렌즈에 클리너를 칙 뿌렸다. 그러고서 보들보들한 렌즈 닦이로 행여 생채기라도 날까 봐 조심조심 아기 다루듯 먼지를 닦아냈다. 이 카메라는 창수의 보물 1호였다. 중고여도 몸값이 무려 기백이나 하는 아주 귀중한 몸이시니 불면 날아갈까 이만저만 애지중지하는 게 아니었다.

"창수 형! 이것 좀 봐요. 와!"

영탄이 모니터에서 눈길을 떼지 못하며 창수를 불렀다.

"뭔데?"

창수는 카메라를 들어 이리저리 각도를 돌려가면서 혹시라도 놓친 먼지가 없는지 세심하게 살피며 물었다. 카메라는 렌즈는 물론 바디까지 반짝반짝 윤이 났다. 마음이 답답하고 심란할 때, 기분이 들뜨고 안정되지 못할 때, 혹은 지루하고 할 일이 없을 때 창수는 보물 1호를 꺼내 뽀득뽀득 닦았다. 카메라를 닦고 있으면 마음까지 깨끗이 닦이는 기분이었다.

"탤런트 정연수, 한류 스타 레인과 열애설?"

보은이 영단의 뒤에서 모니터에 떠 있는 기사의 헤드라인을 읽었다.

"뭐?"

심드렁하던 창수가 그 소리에 벌떡 일어나 보은 옆에 섰다.

"요즘 〈당신인가요?〉에서 애절한 사랑으로 시청자들의 눈물샘을 자극하고 있는 지애, 규민 커플이 현실에서도 뜨거운 관계인 것으로 보인다……."

영탄이 보은의 바통을 이어받아 기사를 읽어 내려갔다.

"정말이네. 다른 기사도 봐봐."

영탄이 스크롤을 아래로 내리자 관련 기사 제목이 주르륵 떴다.

레인, 연수를 사랑한다 전격 고백

정연수, 좋은 선배일 뿐 연애 감정 없어

레인 짝사랑? vs 정연수 내숭?

기사를 쭉 훑어보니 레인의 일방적인 연수 사랑인 것 같았다. 그래도 사랑의 상처는 새로운 사랑으로 치료한다고, 정연수에게 그녀를 지켜줄 또 다른 사랑이 있는 것 같아 창수는 마음이 놓였다.

"아이고, 답답해! 연수 얘, 현서 때문에 지금 바보짓 하는 거 아냐? 레인같이 멋진 남자가 사랑한다고 고백하면 냉큼 잡아야지. 자고로 사랑의 가장 통쾌한 복수는 찌질한 옛 남친 따윈 마음속에서 깨끗이 잊어주는 건데……."

보은이 영탄의 어깨 너머로 기사를 읽으며 혀를 쯧쯧 찼다. 창수는 보은의 옆얼굴을 빤히 보았다. 그렇게 말하는 보은은 정말 통쾌한 복수를 끝낸 걸까? 보은의 얼굴에서 복수의 흔적을 창수가 찾아내고 있을 때 주머니 속에서 휴대폰이 울렸다. 통화 버튼을 누르자마자 곤란한 듯한 여자 목소리가 튀어나왔다.

"강창수 씨죠? 저, 정연수인데요 빨리 와주세요!"

정연수의 호출을 받고 창수와 보은이 출동한 곳은 청담동에 있는 회원제 클럽이었다. 연예인들과 재벌들만 드나든다는 곳답게 클럽의 입구부터 예사롭지 않았다. 지옥의 문을 지키고 있는 케르베로스처럼 검은 정장을 입은 건장한 형님이 떡하니 버티고 서서는 드나드는 사람들에게 날카로운 눈길을 던졌다. 마치 통행증이 없으면 당장이라도 뒷덜미를 번쩍 들어 거리로 내던져버릴 듯한 기세였다.

"정연수 씨를 만나러 왔는데요."

창수가 형님에게 통행 암호를 대자 형님은 친절하게 문을 열어주며 꾸벅 인사했다. 두 사람은 화랑처럼 그림들로 장식된 복도를 지나 어느 방으로 안내되었다. 안으로 들어가자 정연수가 반갑게 두 사람을 맞았다. 그 뒤에서 이현서가 몸을 비스듬히 소파에 기댄 채 술잔을 높이 치켜 들었다.

"어서 와. 모기 빠져라 기다리고 이써써."

어지간히 마셔댔는지 이현서는 혀가 단단히 꼬인 채였다.

"어떻게 된 겁니까?"

창수의 물음에 정연수는 어깨를 으쓱했다.

"레인 오빠랑 열애설 기사 난 걸 보고서 갑자기 불러내서는 다시 시작하자는 거예요. 거절했더니 보시다시피……. 내가 두 손 들고 반길 줄 알았나 봐요."

"난 댁드리 더 미워. 얼마나 모지게 해쓰면 연수가 이러케 정을 뚝 뗄 수가 이써! 그동안 날 얼마나 사랑했는데……."

"이현서 씨, 당신이 원하던 겁니다."

창수가 조곤조곤 말했다.

"사람 맘이 변할 수도 이찌!"

"그래, 현서 씨. 이제 내 마음이 변했다니까!"

"나 차고 레인한테 가려고?"

"말은 똑바로 해. 먼저 헤어지자고 한 건 너야."

"아아, 몰라! 당신! 대기 이러케 해쓰니까 책임지고 원래대로 돌려놔."

이현서는 아이가 떼를 쓰듯 발버둥을 치면서 울었다. 정연수는 기가 막힌 표정으로 현서를 내려다보았다.

"여기는 저희한테 맡기고 그만 돌아가시죠."

"네, 부탁해요."

연수가 소파에 놓인 핸드백을 챙기며 일어섰다. 그러자 이현서가 연수의 치맛자락을 붙잡고 울먹였다.

"연수야, 가지 마. 내가 이제부터 잘하께. 응?"

연수는 눈물을 뚝뚝 흘리는 현서의 얼굴을 잠시 동안 물끄러미 바라보았다.

"미안. 난 후회 없어."

정연수는 오른손으로 치마를 툭 쳐서 현서의 손을 떨어뜨렸다. 그리고 조금의 망설임도 없이 방을 나갔다.

"연수야…… 연수야……."

방 안에는 정연수를 부르는 현서의 구슬픈 목소리만이 메아
리쳤다.

"현서 씨, 처음에야 좀 힘들지 곧 괜찮아져요."

보은이 팬심을 발휘해 나긋나긋하게 위로했다.

"맞습니다. 인연이 아닌 거니 이제 잊어버려요. 정연수 씨를
찬 건 현서 씨 본인이잖아요!"

창수가 맞장구를 쳤다.

"댁들이 뭘 알아! 연수가 그동안 나한테 얼마나 잘했는
데…… 그거 어떠케 잊어? 어엉, 연수야……."

이현서는 일어나려 했으나 몸을 가누지 못하고 비틀비틀 도
로 주저앉고선 소파를 치며 목 놓아 울었다.

사랑도 권력 관계라 더 많이 사랑하는 사람이 약자가 된다.
하지만 약자가 될까 두려워 사랑하는 데 주저한다면 이별 후
후폭풍처럼 밀려드는 사랑에 결국 '사랑의 패자'가 된다.

사랑하라. 후회 없이. 상처를 두려워하지 말고.

6
그 사람이기에 가능한 일

백합 · 순수한 사람

"팔광아, 손! 손 주면 과자 줄게."

나초를 와삭와삭 씹으며 보은이 오른손을 내밀었다. 손 위에는 쿠키 한 개가 놓여 있었다. 팔광이를 위해 보은이 집에서 특별히 가져온 간식이었다. 하지만 하얀 털이 북슬북슬한 삽살개 팔광이는 앞발 위에 머리를 얹고서 관심 없다는 듯 늘어지게 하품을 했다.

"과자 싫어? 그럼 뭐 줄까? 껌 먹을래?"

보은은 주머니에서 주섬주섬 개껌을 꺼냈다. 비닐을 뜯어 입에 가져다 대도 팔광이는 혀로 한두 번 할짝거리다가 말았다.

"우리 시추도 데려다 놓을까? 팔광이랑 같이 놀게."

보은이 팔광이의 머리를 쓰다듬으면서 영탄을 바라보았다. 영탄은 죽집에서 사 온 전복죽을 쇼핑백에서 꺼내고 있었다.

"아서요, 우리 팔광이가 하도 밥을 안 먹어서 겨우 사장님 허락받고 데려다 놓은 건데 누나 시추가 사무실에 돌아다니면 팔광이까지 못 있게 할지도 몰라요."

영탄은 죽 케이스의 뚜껑을 열다가 화들짝 놀라 말했다. 창수는 컵라면에 뜨거운 물을 받아 양손에 하나씩 들고 사무실 가운데에 놓인 둥근 테이블로 왔다. 사무실의 부르주아들은 모두 밖으로 식사를 하러 나갔고 프롤레타리아들만 모여 조촐한 라면 파티를 여는 참이었다.

"야, 맛있겠다. 한입만 먹어보자."

창수가 입맛을 다시며 김이 모락모락 나는 전복죽을 노렸다.

"안 돼요. 형은 이거나 드세요."

영탄은 죽에 딸려 온 오징어 젓갈을 창수 앞에 놓고선 전복죽 그릇을 두 손으로 모셔 들고 팔광이 앞에 놓았다.

"자, 팔광아. 밥 먹자."

과자에도 개껌에도 관심 없던 팔광이가 느릿느릿 일어나 혀로 진복죽을 핥았다.

"아, 개 팔자가 상팔자고만."

창수가 오징어 젓갈을 젓가락으로 푹 찍어 쪽쪽 빨면서 말했다.

"그런 말 마요. 팔광이도 예전엔 과자랑 개껌을 얼마나 좋아했는데……. 늙어서 이젠 그런 거 못 씹는 거예요. 죽밖에 못 먹는 게 불쌍한 거지."

영탄은 팔광이가 죽을 픽픽 먹지 못하고 깨작거리는 걸 안타까운 표정으로 바라보았다.

"병원에선 뭐래?"

"워낙 나이가 들어서 어쩔 수 없대요."

"어? 몇 살인데?"

"열여섯 살요."

"와, 그렇게나 많아?"

보은은 감탄하며 제 몫의 컵라면을 앞으로 끌어당겼다. 개 나이 열여섯이면 꽤 장수하는 편이다.

"그래도 컨디션 좋을 땐 과자는 조금 먹는데…… 지금은 입맛이 없나 봐요."

"근데 이름이 팔광이가 뭐야? 작명 센스 하고는, 영탄이 네가 지었냐?"

창수가 젓가락을 두 손바닥으로 돌돌돌 돌리며 라면이 익기를 기다리면서 물었다. 영탄이 고개를 저었다.

"원래 이름은 둘리였어요."

"둘리?"

"예."

"근데 왜 팔광이로 바뀌었어?"

보은이 라면을 후루룩 한 젓가락 입에 물며 말했다.

"팔광이는 우리 아버지가 부르던 이름이었어요. 아버지는 화투를 참 좋아했거든요. 어느 날은 아버지가 기분이 좋아서

대문에서부터 날 부르는 거예요. 나가봤더니 팔광이를 내 품에 안겨주었죠. 화투에서 돈을 따셨는데 친구분이 돈 대신 혈통 있는 개라며 팔광이를 내놓았대요. 아버지는 삼팔광땡으로 땄다고 팔광이라고 이름 지었어요."

영탄이 추억에 어려 미소를 지으며 말했다.

"하하, 원래 이름보다는 팔광이가 더 낫다."

창수가 마지막 남은 단무지에 젓가락을 대며 말했다. 동시에 보은의 젓가락이 단무지 다른 쪽 끝을 집었다.

"그렇죠? 어릴 때 난 둘리에 푹 빠져 있어서 둘리라고 지었는데 녀석이 내가 둘리야, 하고 부르면 귀도 쫑긋 안 하는 거예요. 그런데 아버지가 팔광아, 하면 어찌나 꼬리 치며 팔짝거리는지…… 결국 팔광이가 됐죠."

하지만 팔광이의 이름이 왜 팔광인가에 대한 관심은 이미 보은과 창수의 머릿속에서 깨끗이 지워지고 말았다. 둘의 새로운 관심은 누가 마지막 남은 단무지를 손에 넣는가, 였다. 두 사람 사이에 치열한 눈싸움이 벌어졌다.

"레이디 퍼스트."

"여자들은 이게 꼭 문제야. 평소엔 남녀평등을 부르짖으면서 자기들 불리할 때만 레이디 퍼스트니 어쩌니 한단 말이야."

"그럼 가위바위보."

"좋아. 정말 가위바위보 하는 거다. 반칙 같은 거 없는 거다.”

창수가 단무지에서 젓가락을 떼지 않은 채 보은을 보며 다짐을 했다.

“속고만 살았나.”

보은 역시 단무지의 한쪽 끝을 팽팽히 집고서 대답했다.

“좋아.”

“오케이.”

두 사람이 동시에 젓가락을 놓고 “가위바위보”를 외치며 전의를 불태우는 순간, 영탄이 노란 단무지를 집어 한입에 와삭 씹었다. 창수와 보은이 닭 쫓던 개처럼 “어, 어?” 하며 어이없다는 듯 쳐다보았다.

“게임을 하려면 공정하게 셋이서 해야지, 둘이서만 가위바위보가 뭐예요?”

영탄이 씩 웃으며 말했다.

컵 바닥에 깔린 조각난 면발까지 다 건져 먹고 나서 커피 타임을 즐기고 있는데 1시에 예약되어 있던 손님이 들이닥쳤다.

“조금 일찍 왔는데 괜찮죠?”

손에는 지팡이를 들고 하이힐을 또각거리며 들어온 여자가 당당하게 말했다.

사람에게는 누구에게나 자기만의 오라가 있다고 한다. 특별한 능력을 가진 몇몇 사람은 그 오라를 눈으로 직접 볼 수 있다고 하는데, 보은은 만약에 자기에게도 그 능력이 있다면 지

금 눈앞에 있는 이 여자의 오라는 분명 차가운 파란색일 거라
고 생각했다.

"얼마 있으면 태성 씨가 눈 수술을 해요. 수술이 성공적으로
끝나 그가 시력을 회복하면 곧바로 이별을 통보하고 싶어요."

초점이 없는 까만 눈동자가 허공에 머물렀다. 초점이 없기
때문일까. 그 눈 안에는 기계적인 차가움이 서려 있는 것 같
았다. 말할 때 외에는 굳게 다문 입매, 꼿꼿하게 허리를 펴고
앉은 자세에서 불필요한 친밀감은 원하지 않는다는 분위기가
흘렀다.

"태성 씨는 감성적인 사람이에요. 연인들이라면 누구나 그
렇듯이 그 사람은 우리 사랑을 운명적이라고 생각하죠. 그래
서 그 사람은 이별을 쉽게 인정하지 않으려 할 거예요. 여러분
이 해주실 것은 태성 씨가 이별을 확실히 받아들이고 새로운
인생을 살아가도록 도와주는 거예요."

"알겠습니다. 그런데 실례지만 이별의 이유를 여쭈어봐도
될까요?"

창수는 이 특별한 커플이 이별하려는 이유가 궁금했다.

사랑이 식은 것일까? 아니면 다른 이유, 즉 연인이 눈을 뜨
게 되었다는 이유 때문일까?

"글쎄요, 사랑에 이유가 없듯 이별에도 이유는 없죠."

서지혜는 창수의 궁금증을 딱 자르며 자리에서 일어났다.
그러면서 핸드백에서 지갑을 꺼냈다.

"카드 되죠?"

"물론입니다."

"장애인 할인은요?"

"네?"

"설마 장애인 할인도 없는 거예요? 그럼 이참에 만들어요."

서지혜는 당당하게 요구했다.

"아…… 예."

"50%"

"네?"

창수가 파격적인 할인율에 놀라 되물었다.

"그 정도는 기본이죠. 장애인 할인은 보통 정가의 50% 아닌가요? 장애를 지니고 세상을 살아가는 불편에 대해 그 정도 작은 이익쯤은 누릴 수 있게 해주어야죠."

"할부는 무이자 6개월로 부탁해요."

창수가 계산을 끝내자 서지혜는 의자 옆에 걸쳐두었던 지팡이를 들고 바닥을 탁탁 치면서 사무실을 나갔다. 보은이 뒤따라가며 1층 로비까지 안내하겠다고 말했다.

"장애인 할인을 받았다고 해서 날 불쌍하게 봐달라고는 하지 않았어요. 그런 마음가짐이라면 로비가 아니라 집까지 바래다 달라는 게 맞지요. 조금 불편은 하지만 그 정도는 혼자 할 수 있어요. 고마워요."

딱 부러지는 거절에 보은은 서지혜가 엘리베이터를 타는 걸 보고서 사무실로 돌아왔다. 창수는 얼이 나간 모양으로 보은을 쳐다보았다.

"뭔가 태풍이 한바탕 싹 훑고 지나간 거 같지 않아?"

창수가 얼떨떨해하며 물었다. 보은이 고개를 끄덕였다.

"완전 카리스마 짱이야! 장애인 할인 되죠? 50%!"

보은이 목소리를 내리깔고는 서지혜 흉내를 냈다.

*

디데이는 그로부터 일주일 후, 장소는 영등포에 있는 모안과 병실 512호. 보은과 창수는 꽃바구니를 들고 태성이 입원하고 있는 병원을 찾았다. 수술은 성공적이었고 경과도 좋아 며칠 있으면 퇴원할 예정이었다. 프라이버시를 위해 그가 머무르는 2인실의 또 다른 환자가 병실을 비우는 시간을 미리 체크해 두었다.

512호실의 병패에서 이태성의 이름을 확인하고서 창수가 문을 노크했다. 보은이 먼저 들어가자 창수가 뒤따랐다.

"지혜? 지혜지?"

병실 벽에 기대 창밖을 내다보고 있던 태성은 보은을 보고 반갑게 물었다. 그는 침대에서 벌떡 일어나 달려와 보은의 두 손을 덥석 잡았다.

"얼마나 보고 싶었는데 이제 와? 전화해도 안 받고 많이 걱정했잖아!"

"저어……."

태성이 워낙 기쁜 얼굴이었기에 보은은 사실대로 고하지 못하고 곤란한 표정을 지으며 눈치만 살폈다.

"잘못 아셨습니다, 고객님. 이 아가씬 서지혜 씨가 아닙니다."

창수가 나서서 차분하게 설명했다.

"고객……님?"

태성이 보은의 손을 놓고서 두 사람의 얼굴을 번갈아보았다. 그의 두 눈에는 짙은 의문이 깔려 있었다.

"저희는 서지혜 씨가 고용한 이별통보단입니다."

"이별통보단?"

"네. 서지혜 씨의 요청으로 2011년 12월 5일인 오늘 날짜부터 서지혜, 이태성의 연인 관계를 해지함을 통보합니다. 먼저 이별을 고한 만큼 이태성 씨가 받을 충격을 고려하여 심리 상담 5회와 살풀이 5회 이용권은 서지혜 씨가 미리 결제하셨습니다. 자, 이건 쿠폰."

창수가 쿠폰을 태성에게 쥐여 주자 태성이 툭 손을 뿌리쳤다.

"당신들, 뭐야? 이거 장난이지? 지혜…… 지혜야, 이리 나와. 이런 거 하나도 재미없어. 지혜야, 어딨어?"

태성은 창수를 밀치고는 문을 열고 복도로 나갔다. 그리고 큰 소리로 지혜를 부르며 주위를 두리번거렸다.

"치, 잘하는 짓이다. 그러니까 사무적인 통보는 반대했잖아!"

보은이 불만스럽게 창수를 보고 눈을 흘겼다.

"어설프게 감상적인 위로를 하는 것보다는 차라리 좀 충격을 주더라도 현실을 직시하게 하는 게 오히려 상처를 덜 남기는 법이야. 서지혜 씨도 그걸 원했고. 거두절미하고 이별만을 통보해 달라고 한 건 서지혜 씨라고."

창수가 반박하고는 뒤따라 나가 태성의 어깨를 가만히 짚고서 고개를 저었다. 태성은 이내 현실을 깨닫고 복도에 있는 의자에 앉아 잠시 얼이 빠진 채 있었다. 갑자기 그가 병실로 뛰어 들어가더니 옷걸이에 걸린 외투를 걸쳤다. 그리고 서랍장에서 선글라스와 지갑을 꺼내 주머니에 넣고서 복도를 내달렸다.

"어디 가는 겁니까? 이태성 씨!"

창수가 뒤따라 달리며 외쳤다. 태성을 겨우 붙잡은 곳은 병원 앞 거리에서였다. 태성은 오른손을 치켜 들고 성급하게 좌우로 흔들며 택시를 잡고 있었다. 곧 주황색 택시가 태성 앞에 미끄러지며 섰다. 태성이 재빨리 택시에 올라탔다.

"이러지 마세요, 이태성 씨."

창수가 거칠게 숨을 몰아쉬며 택시 문을 잡고 말했다.

"이 일은 지혜랑 내 일이야. 당신이나 빠져."

태성이 쌀쌀맞게 내뱉고는 택시 앞문을 쾅 닫았다.

"택시!"

창수가 멀어지는 차의 뒤꽁무니를 보면서 다급히 외쳤다. 택시는 금방 잡혔다. 창수는 조수석에 올라타면서 문을 연 채 달려오고 있는 보은을 향해 소리쳤다.

"빨리 와!"

보은은 뒷좌석에 기어오르자마자 퍼져 눕더니 금방이라도 숨이 넘어갈 듯 헐떡거렸다.

"아저씨, 저기 저 차 보이죠? 얼른 따라가 주세요. 놓치지 않으면 따블로 드릴게요. 따블!"

창수가 태성이 탄 택시를 가리키며 말했다.

"따블? 염려 붙들어 매라우. 내래 기름밥 먹은 지 40년이라우!"

머리에 서리가 소복이 내려앉은 늙은 택시 기사는 구수한 이북 사투리를 쓰며 액셀을 힘차게 밟았다.

시내 한복판에서 쫓고 쫓기는 추격전이 한동안 이어졌다. 태성이 탄 택시는 상도동의 어느 거리에서 멈추어 섰다. 창수와 보은이 택시에서 내려 태성이 사라진 골목길로 황급히 접어들었다.

골목길에는 작은 갈림길이 가지를 치고 있었다. 그가 어느 길로 갔는지 몰라 잠시 우왕좌왕하고 있는데 두 번째 갈림길에서 갑자기 태성이 튀어나왔다. 태성은 두 사람을 발견하지 못한 듯 잠시 생각에 잠기더니 눈을 감고는 두 손을 더듬으며 앞으로 나아갔다. 시력을 회복했으나 눈으로 보는 세상이 아직 그에게는 어색한 듯했다. 몸으로 익힌 길을 머릿속으로 그리며 태성이 길을 찾아 나아갔다. 세 번째 갈림길로 그가 접어들었다. 걸음 수를 세는 목소리가 작게 들려왔다.

이윽고 태성이 어느 다세대 주택 앞에 멈추어 섰다. 대문의 문고리를 더듬어 손으로 감각을 느껴보고서 확신한 듯 그가 힘차게 문을 열었다. 대문 안 왼쪽에는 2층으로 올라가는 계단이 가파르게 있었다. 태성은 한 번에 두서너 계단을 뛰어 올라가 문손잡이를 잡아당겼다. 문은 꼼짝하지 않았다.

"지혜야, 서지혜!"

태성이 문을 세게 두드리며 큰 소리로 연인의 이름을 불렀다. 그 소란에 아래층 주인집 현관문이 빼꼼 열렸다. 후덕한 몸집의 할머니가 아래쪽 계단으로 나와 위를 올려다보았다. 그 뒤로 조그마한 여자 애가 사탕을 물고서 따라 나왔다.

"태성 총각 아녀?"

"할머니, 우리 지혜 어디 갔어요?"

태성이 급히 계단을 뛰어 내려왔다.

"어! 오빠, 이제 눈 보이네!"

여자 애가 신기하다는 듯 태성의 눈을 빤히 보았다.

"응, 수술했어."

"아이고, 잘됐네. 이제 완전히 보이는 거지?"

"네, 고맙습니다. 할머니, 우리 지혜는요? 어디 갔는지 아세요?"

"글쎄, 시장 나갔나?"

할머니가 고개를 갸웃했다.

"아까 나갔어. 이따만 한 가방 들고."

여자 애가 두 손을 한껏 벌려 가방의 크기를 설명했다.

"어디? 어디 간다고 했는데? 엄마네 간대?"

태성이 아이의 눈높이를 맞추며 물었다.

"아니. 비행기 타고 멀리 간대. 나도 데려가라고 했더니 여……여…… 뭐였지? 아무튼 그게 없어서 안 된대."

"그러고 보니 지혜 처녀가 외국 간다고 했는데 그게 오늘이었나?"

"네? 어디? 어디로요?"

"나야 모르지. 태성 총각이랑 같이 가는 거 아니었어?"

할머니가 되레 태성에게 물었다.

평일이었지만 인천 공항의 로비는 북적북적했다. 몇 시 비행기인지도 또 목적지가 어디인지도 모른 채 드넓은 공항 안에서 한 여자를 찾는 것은 모래밭에서 바늘을 찾는 격이었다. 태성은 연인의 친구들에게 전화를 걸었지만, 둘은 친구가 여행을 떠나는지도 몰랐고 한 명은 알고 있었지만 행선지를 알려주지 않았다.

"태성 씨, 시력을 찾았으니 이제 지혜는 잊고 자유롭게 사세요."

지혜의 단짝 친구는 그렇게 조언을 하고 전화를 끊었다. 지혜는 전화를 받지 않았다. 하지만 신호가 계속 가는 걸 보니 아직 비행기를 탄 건 아닌 것 같았다.

태성은 미친 사람처럼 항공사의 안내 데스크로 가서 탑승객 중 서지혜라는 여자가 있는지 알려달라고 사정했다. 하지만 알려줄 리 만무했다. 남자 직원의 손에 떼밀려 태성은 티케팅 라인 밖으로 밀려났다. 그가 초조해하며 선 채로 한 바퀴 빙 돌아 주변의 사람들을 살폈다. 그러나 아이러니하게도 태성은 사랑하는 이가 어떻게 생겼는지 알지 못했다. 설혹 서지혜가 곁을 지나간다고 해도 그녀 쪽에서 말을 먼저 걸지 않는다면 태성은 결코 연인을 알아보지 못할 터였다.

"지혜야! 지혜야, 어딨어?"

갑자기 태성이 고함을 질렀다. 주위 사람들이 무료한 대기 시간에 재미있는 구경거리라도 생긴 양 흥미진진하게 이쪽을 보았다. 창수기 태성의 팔을 잡고 진정시켰지만 그는 울부짖다시피 연인의 이름을 불렀다. 보안 요원 둘이 태성을 주시하며 멀리서 걸어오기 시작했다.

"태성 씨, 진정해요. 쫓겨나고 싶어요?"

창수가 태성을 잡아끌었다.

"놔! 놓으라고! 지혜야……."

태성이 몸부림을 치며 울었다. 창수는 "죄송합니다" 하면서 다가오는 보안 요원들에게 꾸벅 인사해 보이고는 억지로 태성을 끌고 화장실로 갔다. 보안 요원들은 어찌할까 머뭇거리다가 잠잠하자 제 위치로 돌아갔다. 사람들의 눈길이 신경 쓰여 보은이 자리를 옮기려는데 문득 유난히 이쪽을 힐끔거리는 한 무리의 사람들이 보였다. 아시아나 항공사의 안내 데스크 뒤쪽에 앉아 있는 사람들이었는데 단체 여행이라도 가는지 열댓 명이 같은 모자를 쓰거나 손에 들고 있었다. 그중 한 여자와 눈이 마주치자 그녀는 당황해서 얼른 고개를 돌리고는 동료와 이야기하는 척했다. 보은은 이상해서 그 사람들을 살펴보았다. 무리의 가운데에서 등을 돌리고 있는 여자의 모습이 낯익었다.

"서지혜 씨? 서지혜 씨 맞죠?"

다가가 여자의 앞모습을 보자 역시 서지혜가 맞았다.

"태성 씨가 얼마나 당신을 찾았는데요! 잠깐만요, 지금 연락……."

보은이 주머니에서 휴대폰을 꺼내 창수에게 전화를 걸려 하자 서지혜가 휴대폰을 낚아챘다. 보은은 놀라 서지혜를 물끄러미 보았다.

"알아요. 방금 전까지 태성 씨가 날 찾는 소리를 들었으니까. 내가 당신들에게 부탁한 건 이별 통보였지 태성 씨를 여기로 데려오라는 건 아니었어요."

서지혜가 차갑게 말했다.

"그래요. 하지만 이태성 씨는 서지혜 씨를 사랑해요. 그래서 여기까지 만나러 온 거고요. 당신도 그 사람을 사랑하지 않나요?"

보은은 서지혜가 태성을 여전히 사랑한다고 확신했다. 그렇지 않으면 수술이 성공적으로 끝나기를 기다렸다가 이별을 통보할 이유가 없는 것이다. 아마도 자격지심일 터였다. 장애를 이용해 할인을 받을 만큼 당당하면서도 그로 인해 불쌍한 대우를 받기 싫어하는 자존심 센 그녀였기에 시력을 찾은 연인에게 짐이 되고 싶지 않은 것이리라.

"맞아요. 그러니까 헤어지려는 거예요."

"왜요? 눈이 안 보이는 것 때문에요? 태성 씨가 당신에게 실망할까 봐서요? 그래서 이렇게 도망가는 건가요?"

서지혜는 입술을 꾹 깨물었다.

"소보은 씨, 어느 한 연인이 사랑하는 이를 위해서 보통 사람은 하기 쉽지 않은 어떤 특별한 일을 하는 경우, 그 이유는 다음 셋 중 하나에요. 첫째, 마음을 완전히 빼앗겼거니 둘째, 상황이 그러하도록 받쳐주거나, 셋째, 다른 사람이 아닌 그 사람이기에 가능하거나. 내가 도망가는 거냐고요? 그래요. 도망가는 거예요. 태성 씨와 내가 사랑했던 건 우리가 서로에게 마음을 빼앗긴 탓도 있지만 상황이 우리가 사랑하도록 도와주었죠. 하지만 이제는 상황이 바뀌었어요. 상황이 바뀌면 마음도 바뀌어요. 태성 씨는 성실한 사람이에요. 내가 눈이 안 보인다고 해서 나를 버릴 사람이 아니죠. 하지만 그에게는 넓은 세상이 있어요. 어디든 마음껏 갈 수 있고 무슨 일이든 할 수 있는 세상이 펼쳐져 있죠. 그러니 그 사람이 변하지 않는다 해도 결국에는 내가 변할 거예요. 나는 점점 불안해질 테고, 초조하고 안달이 나서 그에게 집착을 하겠죠. 난 그런 사랑은 싫어요. 지금의 나는 태성 씨를 놓아줄 수 있어요. 이건 태성 씨를 위해, 아니 나를 위해 지금의 내가 할 수 있는 일이에요."

서지혜가 말을 하는 동안 여행사 직원이 사람들에게 짐을 챙기라고 했다. 서지혜도 트렁크를 끌고 사람들 뒤를 따르기 시작했다.

"잠깐만요, 그래도 얼굴만은 보고 가세요. 여기까지 왔는데…… 애타게 만나고 싶어하는데……."

보은이 서지혜의 손을 붙잡았다. 서지혜는 고개를 저었다.

"태성 씨…… 그 사람은 어떻게 생겼죠?"

"네? 순하고……."

"아니, 말하지 말아요. 분명 내 머릿속 태성 씨와 현실의 그는 모습이 다르겠죠. 아마 그 사람도 나에 대한 그만의 이미지를 가지고 있겠죠. 이제 와서 그걸 깨기는 싫어요."

찰싹! 커다란 소리와 함께 태성의 얼굴이 돌아갔다.

"정신 차려요! 이런다고 지혜 씨를 찾을 성싶습니까? 더 소란 부렸다가는 쫓겨날 뿐이라고요!"

창수는 오른손 주먹을 쥐었다가 펴기를 반복하며 말했다. 어찌나 세게 쳤는지 때린 제 손이 얼얼할 지경이었다. 태성은 손으로 뺨을 쥐고서 멍하니 창수를 보다가 벽에 등을 댄 채 주르륵 내려앉았다. 그렁그렁 맺힌 눈물이 뺨을 타고 흘러내렸다. 창수는 한숨을 훅 내쉬었다.

"이성을 찾고 생각해 봐요. 앞을 못 보는 지혜 씨가 국내도 아니고 해외로 여행을 간다고 나섰어요. 태성 씨라면 알 수 있을 겁니다. 평소 지혜 씨가 여행 가고 싶다고 한 곳은 없습니까?"

"처음 만났을 때 지혜는…… 여행을 참 좋아했어요. 새로운 곳을 탐험하고 낯선 사람들을 만나고…… 그런 자유를 꿈꾸었죠. 반면에 난…… 밖에 나가는 걸 싫어했어요. 나가면 사람들에게 무시받고 여기저기 부딪치고…… 낯선 곳에서 헤매는 그 느낌을 지독히 싫어했으니까. 나랑 사귀면서 지혜는 참 답답했을 거예요. 3년 동안 사귀면서 한 번도 여행을 간 적이 없거든요. 지혜는……."

태성은 갑자기 번쩍 생각난 듯 벌떡 일어나더니 화장실 밖으로 달려 나갔다. 그는 전광판을 미친 듯이 훑고는 다시 바람처럼 달리기 시작했다. 그런 그를 보은이 붙잡았다. 보은은 가만히 고개를 저었다.

"봐요. 비행기 이륙 시간까지는 아직 시간 있어요."

"여권도 표도 없는데 어쩌려고요?"

보은이 만류했다.

"일주일 있으면 돌아온대요. 그러니까 조금만 기다려요. 지혜 씨가 돌아오면…… 그때 얘기하면 되잖아요."

"아니…… 지금…… 지금이 아니면 안 돼요."

태성은 보은의 손을 뿌리치고 가까운 항공사 티케팅 데스크로 갔다.

"가장 가까운 스페인행 비행기가 언제 있죠?"

단호한 표정으로 태성이 물었다.

파란 하늘을 가르면서 비행기가 유성처럼 긴 꼬리를 남기며 날았다. 점점 멀어져 하나의 작은 점이 되어 사라지는 비행기를 올려다보며 보은이 창수에게 물었다.

"태성 씨, 무사히 지혜 씨 만날 수 있을까?"

"글쎄, 연이 닿으면 만나겠지."

창수는 무심하게 말했다.

"꼭 만나면 좋겠다. 아, 배고파. 뭘 좀 먹자. 종일 뛰어다녔더니 배랑 등이랑 정신없이 키스 중이네."

"그래. 하지만 더치페이하자구."

"뭐?"

"이번 일 완전 적자야. 태성 씨 비행기표 값 댔지, 처음 여기 올 때 따따블로 요금 계산했지, 약이랑 여권 가지러 택시 타고

태성 씨 집으로 병원으로 그리고 다시 인천 공항으로…… 게
다가 심리 상담이랑 살풀이 이용권 필요 없다고 다시 환불까
지……."

"그래서 열심히 일 시켜놓고 밥도 안 사준다고?"

보은이 눈에 쌍심지를 켰다.

"하하하, 농담이야. 농담."

창수가 금방 꼬랑지를 내렸다.

"그나저나 참, 태성 씨도 성질 급하지. 일주일 있다가 만나
면 되지 굳이 이렇게까지 할 게 뭐람."

"강창수 팀장님! 지금 정말 그 이유를 몰라서 묻는 거예요?"

"안다고, 알아. 사랑, 사랑 때문 아냐?"

"아니거든요?"

보은은 그럼 그렇지, 하며 고개를 저었다.

"그럼 뭔데?"

보은은 아까 서지혜가 했던 말을 떠올렸다.

"바로 이태성 씨이기에 그런 거지. 사람이 백이면 사랑도 백
인 이유가 뭔데. 다 그 사람만이 가능한 사랑을 하기 때문 아
닌가? 받기만 하는 이기적 사랑도, 주기만 하는 바보 같은 사
랑도 다 그 사람이기 때문에 그런 거라고!"

창수는 머리에 번개를 맞은 것 같았다. 그 순간 소보은이라
는 여자가 어떤 사람인지 한눈에 다 파악이 된 듯한 이상한
기분이 들었다. 한 남자를 10년 동안 한결같이 사랑해 온 여

자. 오로지 소보은이기에 가능했던 사랑.

창수는 뚫어지게 보은을 쳐다보았다.

톡, 마음속 어딘가에서 스위치가 켜졌다. 온 세상이 하얀 빛으로 가득 차 눈이 부신 듯한 기분.

꿰뚫는 것 같은 창수의 시선에 보은이 슬그머니 눈길을 피하며 손으로 뺨을 만졌다.

"왜? 뭐, 묻었어?"

"아니야. 가자, 밥 먹으러."

창수는 앞장서 걷기 시작했다.

"아닌데……. 분명 이상한 얼굴로 나 봤는데……. 정말 안 묻었어?"

보은이 창수를 따라잡으며 물었다.

묻었네, 안 묻었네 하며 투닥거리는 두 사람 뒤로 노을이 그림자를 던졌다.

누구나 다 각자의 방식으로 사랑을 한다. 그러기에 사랑은 자신을 오롯이 드러내는 일. 창수는 어떤 사랑을 할까. 그리고 보은은…….

7
우리를 사랑할 수 없게 하는 것들

노란장미 · 사랑의질투

시끄러운 음악 소리, 사람들의 이야기 소리가 섞여 실내는 거대한 벌집처럼 윙윙거렸다. 민규와 유선은 영화관의 매표소 앞에서 줄을 선 채 영화 팸플릿을 들여다보고 있었다. 〈해피 투게더〉의 이벤트가 갑자기 취소되는 바람에 생긴 돌발 데이트였다.

"〈오싹한 연인〉 어때?"

"자기가 좋다면 나도 좋아."

민규가 대답했다. 하지만 사실 영화는 지금 그다지 끌리지 않았다. 일주일 내내 새로 진행하는 프로젝트 때문에 바빴던 터라 몸도 마음도 피곤했다. 다행히 유선이 일이 있어서 오늘 저녁은 모처럼 혼자 호젓하게 음악이나 들으며 책이나 읽을 생각이었다. 하지만 한창 집으로 가는 도중에 유선에게서 전화가 왔다. 예정에 없던 데이트를 할 생각에 유선의 목소리가 들떠 있었기에 민규는 피곤하다는 생각을 꾹 누르고 다시 차를 돌렸다. 그렇기에 이왕이면 아기자기한 사랑 얘기보다는 시원한 액션 영화가 보고 싶었다. 잔잔한 로맨스 영화를 보다가는 그대로 곯아떨어질지도 몰랐다.

"죄송합니다, 손님. 〈오싹한 연인〉은 8시 40분 영화가 지금 한 자리밖에 남아 있지 않아요."

"그래요?"

유선이 대답하고선 어떡하지, 하는 눈길로 민규를 보았다. 민규는 잘됐다 싶었다. 티켓 판매대 위쪽에 붙은 모니터를 힐긋 보니 화면에서는 〈특수본〉 영화 광고가 흘러나오고 있었다.

"〈특수본〉은 어때? 재미있을 거 같은데."

민규가 말했다. 유선도 모니터 화면을 올려다보았다.

"뭐, 좀 뻔할 거 같긴 하지만 어쩔 수 없지."

유선이 마지못해 고개를 끄덕였다.

"죄송합니다, 손님. 〈특수본〉도 8시 45분 한 자리밖에 없어요."

손님의 옷에 실수로 커피라도 쏟은 듯, 티켓 판매원이 아주 죄송스런 목소리로 말했다.

"그럼 그다음 시간대는요?"

"죄송합니다. 매진됐어요."

"그럼 〈오싹한 연인〉 10시 타임대는요?"

"그것도 매진이에요. 하지만 다른 영화는 티켓 여유가 많아요."

민규와 유선이 곤란한 표정으로 서로를 마주 보았다. 끌리는 영화는 〈오싹한 연애〉와 〈특수본〉뿐이었다.

"어떡하지?"

"글쎄……."

잠시 머뭇거리다가 민규가 말을 꺼냈다.

"이건 어때? 자긴 〈오싹한 연애〉가 보고 싶고 난 〈특수본〉이 괜찮은 거 같으니 각각 표를 끊는 건? 어차피 영화가 시작하면 얘기도 못 나누고 영화만 보잖아. 영화 시작 전까지 같이 있다가 각자 영화를 보고 다시 만나는 거지. 영화 시작 시간도 비슷하고 끝나는 시간은 똑같으니까 10시 10분에 여기 로비에서 보면 되겠네."

"……."

유선은 이 남자가 진심인가 싶어 민규를 멀뚱멀뚱 바라보았다. 민규는 유선이 반대하지 않으니 동의한 줄 알고 판매원에게 "〈오싹한 연애〉 한 장, 〈특수본〉 한 장 주세요" 하고 말했다.

눈치 빠른 판매원이 "〈오싹한 연애〉 한 장, 〈특수본〉 한 장이오?" 하면서 유선의 안색을 살피는데 민규는 그것도 모르고 냉큼 "예" 하고 대답했다.

"통신사 할인 되는데 해당 카드 있으세요?"

판매원이 물었다.

민규는 지갑에서 제 카드를 꺼내면서 유선을 보았다.

"할인되는 카드 있어?"

속없는 민규의 물음에 유선은 그만 빈정이 상하고 말았다. 유선이 퉁명스럽게 고개를 젓는데도 민규는 아무것도 모르고 제 카드만 판매원에게 건넸다.

극장에 들어가서 홀로 앉아 영화를 보려니 유선은 점점 스팀이 올랐다. 스마트하게만 보아왔는데 둔치도 이런 둔치가 없었다.

도대체 데이트가 뭔데? 함께 한 공간에 머물며 다정히 마음을 나누는 게 아닌가? 친구 사이에도 이렇게 따로따로 영화를 보지는 않는다.

영화, 재밌어? 〈오싹한 연애〉, 오싹해! ㅜ.ㅜ

유선은 민규에게 문자를 보냈다. 휴대폰을 손에 쥐고서 답장이 오기를 기다렸지만 감감무소식이있다.

설마, 휴대폰을 꺼놓았나? 영화에 집중하려고? 에이, 아니겠지. 그저 주머니에 넣어놓아서 문자 온 걸 모르는 거겠지.

유선은 다시 문자를 보내려고 휴대폰의 화면을 눌렀다. 한창 문자를 찍고 있는데 뒤에서 등받이를 툭툭 쳤다. 유선이 뒤를 돌아보자 뒷좌석에 앉은 여자가 짜증 섞인 목소리로 말했다.

"에티켓도 몰라요? 교양 없게!"

그 말을 듣자 유선은 지금껏 참아왔던 인내심의 실이 뚝 끊어지는 것 같은 느낌을 받았다. 애초에 민규가 영화를 따로 보자고 하지 않았으면 이렇게 남한테 싫은 소리를 들을 일도 없는 거 아닌가. 유선은 가방을 들고 벌떡 일어나 극장을 나왔다. 곧바로 민규에게 전화를 걸었다.

"전원이 꺼져 있어 소리샘……."

맙소사. 이 남자, 정말 전화를 꺼놓은 거구나!

유선은 속이 부글부글 끓어올랐다.

1분만 떨어져 있어도 보고 싶고 함께 있고 싶은, 한창 달달한 때인 연애 초기에 이게 무슨 날벼락이람. 민규 씨가 정말 나를 사랑한다면 이런 일이 가당키나 할까.

유선의 마음속에서 찬바람이 쌩 불었다.

엔딩 크레딧이 올라가고 사람들이 일제히 일어나 나가기 시작했다. 민규는 재킷 주머니에 넣어두었던 휴대폰을 꺼내 전원 버튼을 눌렀다. 유선에게서 문자가 두 통, 캐치콜로 부재중 전화가 한 통 와 있었다.

민규는 유선에게 전화를 걸었다. 전원이 꺼져 있었다. 약속 장소였던 로비에 도착해 한 바퀴 쭉 둘러보는데도 유선은 보이지 않았다. 계속 전화를 해보아도 전원이 꺼져 있다는 안내 멘트만 나올 뿐이었다.

'무슨 사고가 생긴 걸까?'

걱정이 되어 민규는 유선의 집으로 전화를 걸었다. 가정부 아주머니가 전화를 받았다.

"유선 아가씨? 지금 집에 있는데? 바꿔드려요?"

아주머니의 말에 민규는 어이가 없었다. 혹시나 해서 걸어본 것인데 정말로 집에 있다니…….

"아닙니다. 조금 후에 다시 전화드릴 테니 그때 말이나 좀 전해주십시오."

전화를 끊고 민규는 유선의 집 앞으로 달려갔다. 유선은 마지못해 나왔다. 잔뜩 굳은 얼굴로 차 문을 열고 올라타고서 입을 꾹 다문 채 앞만 보고 있었다. 민규는 그 모습에서 짜증이 확 일었다. 도대체 왜? 라는 생각이 들었다. 화가 단단히 난 건 알겠는데 화낼 이유가 없었다.

영화를 따로 본 것 때문에? 결국 그게 이유겠지만 유선도 동의하지 않았는가. 싫으면 싫다고 얘기했어야지.

"전화기는 왜 꺼놨어?"

화를 꾹 누르고서 민규기 나직하게 물었나.

"먼저 꺼놓은 사람이 누군데."

유선이 토라져서 삐딱하게 대답했다. 여태껏 집에서도 밖에서도 공주 대접만 받고 살아왔다. 그런데 데이트 도중에 전화를 꺼놓다니! 이번 일은 도저히 못 참는다. 그동안 알게 모르게 참아온 게 꽤 많다. 예전 남자 친구들에 비해 민규가 자기중심적으로 굴어도 참아왔다. 집안도 좋고 잘생기고 키 크고

능력 있고…… 킹카 중에 킹카라 유선도 나름대로 양보해 온 것이다.

"그건 영화 보는 동안 끈 거잖아."

어처구니없는 딴지에 민규가 짜증스럽게 대답했다.

"우리가 오늘 만난 이유가 뭔데? 데이트하러 만났지, 영화 보러 만났어? 따로따로 영화 보고 전화는 아예 꺼놓고 그럴 거면 데이트는 뭐하러 해. 그냥 혼자서 영화나 보지."

유선이 속사포처럼 쏘아붙였다.

"너도 동의했잖아. 싫으면 싫다고 얘기했어야지 속 좁게 토라져서……."

"아니, 난 동의 안 했어. 자기가 혼자 후닥닥 결정했지. 이미 표까지 산 걸 거기서 싫다고 어떻게 말해. 그리고 속 좁다고? 그래, 나 속 좁아. 그게 싫으면 헤어지든가."

유선이 앵돌아져서 차에서 내리며 차갑게 말했다. 달래주지는 못할망정 속 좁은 여자 취급이라니…….

민규가 따라 내리며 집으로 들어가려는 유선의 팔을 붙잡았다.

"정말 이럴 거야?"

민규도 참았던 화가 폭발하고 말았다. 유선은 조금만 토라져도 헤어지자는 말을 입에 달았다.

"그래, 그럼 헤어지든가."

민규는 성난 눈으로 유선을 일별하고는 미련 없이 차를 타고 떠났다. 유선이 멍하니 멀어지는 차 꽁무니를 보며 서 있었다.

바람이 서늘하게 불어와 보은의 머리카락을 가볍게 쓸었다. 박하사탕을 입에 문 듯 코끝이 알싸한 시원한 공기에 보은은 기분이 상쾌해졌다.

"어! 눈이다!"

두 손 가득 쇼핑백을 든 영탄이 멈칫 멈추어 서며 말했다. 이벤트에 필요한 잡동사니 물건들을 사들고 오는 참이었다.

"진짜?"

팔광이를 데리고 나란히 걷고 있던 보은은 손을 내밀며 하늘을 올려다보았다. 맑고 파란 하늘에서 흰 눈이 점점이 떨어져 내리고 있었다.

"와, 정말이네! 팔광아, 첫눈이야! 첫눈!"

보은이 팔짝팔짝 뛰었다. 팔광이가 대답하듯 멍멍 짖으며 꼬리를 흔들었다.

"좋았어, 기념으로 내가 오뎅 쏜나!"

보은은 영탄의 소매를 잡아당기며 가까이 있는 포장마차 안으로 들어갔다.

"어서 오세요."

아주머니가 철판에 기름을 두르며 손님을 맞았다. 밀가루 반죽 사이로 설탕물이 흘러나와 자글자글 거품을 내면서 호떡이 익어갔다. 은은한 계피향이 나자 뜨거운 오뎅 국물이 간절했던 것도 잊고 보은은 호떡부터 먼저 집어 들었다. 한입 베어 무니 뜨거운 꿀물이 톡 터지며 입안을 달콤하게 달구었다.

"아주머니, 따끈따끈하게 새로 구워서 호떡 5개만 싸주세요."

맛있게 주전부리를 하고 나서 보은이 아주머니에게 말했다.

"누나, 왜 이렇게 많이 사요? 사무실에 다 외근 나가고 사장님이랑 창수 형이랑 지영이 누나밖에 없는데……."

"응, 그러니까 5개. 네 거랑 내 거. 사람들 먹고 있는데 보고 있으면 또 먹고 싶잖아."

보은이 천연덕스럽게 대답했다.

"네? 나는 배불러요."

"아줌마, 그럼 4개만 주세요."

"아줌마, 3개요."

영탄이 얼른 끼어들었다.

"왜?"

보은이 의아스럽게 영탄을 보았다.

"창수 형은 호떡 안 먹어요."

"왜?"

"몰라요. 원래부터 호떡은 안 먹는다던데요?"

보은은 잠시 생각에 잠겼다.

"아줌마, 그냥 4개 주세요."

사무실에 도착해 보은은 팔광이의 목줄을 옷걸이에 매어두고 제일 먼저 경리 아가씨인 지영에게 호떡을 나누어주었다. 그러고는 종이컵에 호떡을 하나 담아 창수에게 건넸다. 창수는 멀뚱멀뚱 보은이 내민 호떡을 바라볼 뿐 받아 들 생각을 안 했다.

"나, 호떡 안 먹어."

창수가 말했다.

"왜?"

보은이 창수의 얼굴을 빤히 보면서 물었다.

"그냥."

갑자기 보은이 창수의 이마빼기에 알밤을 한 대 먹였다.

"아얏!"

창수가 이마를 살살 문지르며 보은을 보았다.

"오해하지 마. 이거 내가 때리는 게 아니라 느이 누나가 때리는 거다. 제일 좋아하는 게 호떡이면서 안 먹기는 왜 안 먹어, 하는데! 누니기!"

보은은 앙큼하게 말하고는 남은 호떡을 들고 사장실 문을 노크했다. 창수는 사장실로 들어가는 보은의 뒷모습을 보면서 책상 위에 놓인 호떡을 바라보았다. 갓 구운 걸 가져왔는지 아직도 김이 모락모락 났다.

열린 창문으로 얼굴을 내밀며 유선은 묵직하게 내려앉은 마음을 씻어 보내려 애썼다. 오후의 햇살이 따스하게 내리쬐고 서늘한 바람이 상쾌했지만 유선의 마음은 조금도 가벼워지지 않았다.

나, 기분이 언짢아. 어서 내 맘을 풀어줘.

그렇게 신호를 보낸 것뿐인데 민규는 오히려 화를 냈다. 다른 때는 다투면 그 다음 날이면 화해하곤 했다. 하지만 민규는 주말 내내 전화 한 통 없었다. 유선은 그런 그가 괘씸하고 얄밉고 원망스러웠다.

"사장님, 호떡 드세요."

달콤한 목소리에 돌아보니 보은이 종이컵에 호떡을 담아 들고 있었다. 보은은 창문 옆 협탁에 호떡을 내려놓고 고개를 까딱하고선 뒤돌아섰다.

"소주임."

"예?"

"남자 친구 있어요?"

보은의 낯빛이 흐려졌다.

"……최근까지 있었지만 지금은 없어요."

"아, 미안해요……."

다음 말을 기다려도 유선은 아무 말이 없었다.

"그럼 다른 용건 없으시면……."

보은이 나가려고 했다.

"아니, 잠깐…… 이건 내 친구 얘긴데…… 조언을 어떻게 해줘야 할지 몰라서……."

유선은 답답한 마음에 보은에게 사정을 털어놓았다. 친구들에게는 창피해서 이런 얘기 절대 못 한다.

"보은 씨는 어떻게 생각해? 친구는 남자 친구가 먼저 연락해 올 기미도 없고…… 많이 답답한가 봐."

"이별통보단 일을 하면서 알게 된 건데요, 연인들이 계속 사랑하지 못하는 이유가 뭔지 아세요?"

"……"

"바로 사랑을 램프의 요정 지니처럼 여겨서예요. 사랑하는데 왜 그걸 못 해 주지? 사랑한다면 이 정도는 당연한 거 아니야? 하고, 연인의 모든 행동에 사랑이라는 잣대를 들이대는 거죠. 그래서 그 사람을 내가 원하는 대로 깎고 바꾸려 드는 거 말예요. 근데 사랑은 마이너스가 아니라 플러스잖아요. 그러니까 사랑이라는 잣대로 깎으려고만 들지 말고 보태보세요."

"깎으려고만 히지 말고 보태라……."

유선이 보은의 말을 되풀이했다.

"그리고 여자들, 흔히 남자 친구가 자기 기분을 이해하고 더잘해 주길 바라며 '이별'을 언급하잖아요. 하지만 남자들은단순해서 곧이곧대로 헤어지자는 얘기로 알아듣거든요. 그러니까 정말 헤어지려는 게 아니면 그런 말 입에 담으면 안 돼요."

"그렇겠지……."

유선이 곰곰이 생각에 잠겼다.

"그럼."

보은은 고갯짓을 해 보이며 사장실 문을 열고 나왔다. 탁, 하고 문이 닫히는 것과 동시에 보은은 쓴웃음을 지었다.

"연적에게 연애 상담이라니…… 오지랖은……."

유선의 얘기를 들으니 보은은 갑자기 실연당한 게 실감이 났다.

진짜 연애는 저렇구나. 저런 작은 일에 맘 상해서 토라지고 어떻게 화해할까 고민하고…….

민규와 만나는 동안 보은은 한 번도 그와 다투어본 적이 없다. 아니, 서운한 감정을 내보여본 적이 없다. 그러면 바람처럼 그가 사라져버릴까 봐.

눈앞이 조금 뿌예졌다. 보은은 눈을 몇 번 깜박여 눈 안의 물기를 털어낸 다음 자리로 돌아와 책상 위에 놓인 제 몫의 호떡을 집어 들었다. 창수는 자리에 없었다.

창수는 호떡을 먹은 걸까.

보은은 궁금해 두리번거리며 창수를 찾았다. 회의실의 살짝 열린 문틈으로 창수의 옆모습이 보였다. 창수는 호떡을 두 손에 든 채 멍하니 내려다보고 있었다. 보은이 들어가 창수의 맞은편에 앉았다.

"나 방금…… 바보짓 했다."

보은이 호떡을 한입 깨물며 작게 소곤거렸다.

"응…… 들었어. 잘했어."

창수가 대답했다. 착각인지 모르지만 그의 두 눈이 촉촉해 보였다.

아무도 없는 방 안에서 호떡을 들고 창수는 무슨 생각을 하고 있었을까.

보은은 창수를 위로해 주고 싶었다. 갑자기 보은이 집게손가락으로 코끝을 위로 치켜 올려 돼지코를 만들었다.

"꿀꿀. 그거 안 먹으면 내가 먹을 거다. 꿀꿀."

우스꽝스러운 그 모습에 창수가 배시시 웃음을 머금었다. 이번에는 창수가 집게손가락으로 코끝을 짚어 돼지코를 만들었다.

"꿀꿀. 누가 돼지 아니랄까 봐. 꿀꿀."

창수가 호떡을 한입 베어 물었다. 달콤한 꿀물이 입안을 적셨다. 따스한 햇살이 들어오는 유리창에 창수와 보은의 모습이 비쳤다. 12월, 첫눈이 내린 어느 한가로운 오후였다.

*

민규는 퍼즐 조각 하나를 손에 들고 조각판을 내려다보고 있었다. 머릿속이 복잡할 때면 그는 퍼즐 조각 맞추기에 열중했다. 금요일 밤 이후로 며칠 동안 집중한 끝에 만 피스 퍼즐

이 얼추 형태를 갖추어갔다. 마침내 몇 피스 남지 않았을 때 민규는 한 조각이 모자라다는 걸 알았다. 지난번에 맞추었을 때는 분명 빠진 조각 하나 없이 완벽했다.

민규는 고개를 갸웃하며 옷장 위에서 원래 퍼즐판이 들어 있던 상자를 내렸다. 잘 안 쓰지만 추억이 서린 물건들을 넣어 놓은 잡동사니 상자였다. 민규는 상자 안에서 물건들을 하나하나 꺼냈다. 초중고 시절 받았던 상장과 성적표, 군대에 있을 때 가족과 친구들에게 받은 편지들, 처음 배낭여행 갔을 때 샀던 엽서 등등. 빠진 퍼즐 조각은 구형 mp3 플레이어 케이스 위에 놓여 있었다.

민규는 찾고 있던 퍼즐 조각보다 mp3 플레이어에 눈길이 갔다. 케이스를 열어 플레이어를 꺼냈다. 서랍에서 건전지를 찾아 끼우고 시작 버튼을 누르자 토이의 〈좋은 사람〉이 흘러나왔다.

민규의 시계가 거꾸로 흘렀다. 10년 전, 직접 용산까지 가서 이걸 고르던 때가 생각났다. 여자들에게 인기라는 판매원의 말대로 디자인도 깜찍하고 색상도 고왔다. 민규는 설레는 맘으로 이걸 사들고 와서 그날 내내 좋아하는 노래들을 기기에 담았다. 하지만 결국 연락이 끊기는 바람에 전해주지는 못했다. 5년 후, 보은을 다시 만났을 때도 역시 전해주지는 못했다. 이걸 한동안 잊고 있었기 때문이기도 했고 어머니 때문이기도 했다. 가끔씩 소식을 주고받던 보은과 올 초 다시 친해지

면서 서서히 옛 감정이 되살아나던 차에 데이트 상대가 보은

이라는 사실을 어머니에게 딱 걸리고 말았다. 어머니는 당장

에 앓아누우셨다.

"차라리 눈먼 장님을 며느리로 들이지. 세상에 단 하나 남은

여자가 개라고 해도 내 눈에 흙이 들어가기 전에는 절대 안

된다. 그 집 때문에 우리가 얼마나 고생을 했는데…… 보은이

는 절대로 안 돼!"

결국 보은과는 헤어졌다. 아니, 사귀자는 말도 없이 만난 거

였으니 이별도 따로 없었다. 그저 바쁘다는 핑계로 다시 뜸하

게 연락만 주고받았다. 하지만 어머니 성화에 유선과 사귀게

되면서 보은에게 얼토당토않은 이별을 통보하고 말았다. 그때

는 어쩔 수 없다고 생각했다. 남은 미련을 깨끗이 걷어내기 위

해 차라리 잘되었다고 여기기도 했다. 하지만…… 유선과 사

귀면 사귈수록 미련은 짙어졌다. 특히 엊그제처럼 싸우기라도

한 날이면 여지없이 보은이 생각났다.

민규는 핑크색 플레이어를 어루만졌다. 플레이 버튼의 녹색

불이 깜박였다. 마치 이제는 건너가도 좋다고 신호하는 것처

럼. 그 불빛을 가만히 내려다보다가 민규는 발작적으로 일어

나 서둘러 외투를 걸쳤다.

"이게 뭐야?"

보은은 테이블 위에 놓인 케이스를 멀뚱멀뚱 바라보며 물었

다. 이 자리에 나오기까지 무지 망설였다. 하지만 바보 천치같이 여전히 미련이 남았는지 민규가 무슨 얘기를 하려는지 듣고 싶었다. 그리고 묻고 싶은 것도 있었다.

"네 생일 선물…… 10년 전에 산 거야. 오늘 이걸 발견했는데 아직도 주인을 못 찾고 있는 거 같아서……."

"이걸 왜…… 사람을 시켜서 이별을 통보할 땐 언제고?"

"미안…… 그땐 어쩔 수 없었어. 아니, 그렇게 해야만 한다고 생각했어. 하지만 지금은 확실히 알아. 그건 실수였어."

"실수?"

"그래. 어머니 때문이었어. 내가 너랑 만나는 걸 알고는 어머니가 식사도 거르시고 반대하는 바람에……. 하지만 그때나 지금이나 내 마음은 변함이 없어. 보은아, 좋아해. 다시 만나고 싶어."

보은은 당혹스러웠다. 10년 동안 그토록 바라온 말이었으나 기쁘기는커녕 혼란스럽기만 했다.

"오빠 여자 친구는……."

"헤어진 거나 다름없어."

"혜수 아주머니는? 반대하신다면서?"

"시간을 두고 설득해야지……."

보은은 말없이 고개를 떨어뜨렸다. 머리에 안개가 낀 듯 그저 멍할 뿐이었다.

"모르겠어. 난……."

"그래, 생각할 시간이 필요하겠지. ……이거 들어볼래? 그때 너 주려고 좋은 곡들 많이 담아놨어."

민규는 케이스를 열어 mp3 플레이어를 꺼냈다. 보은은 고개를 젓더니 일어났다.

"아니…… 오늘은 이만 헤어지는 게 좋겠어."

민규의 얼굴에 잠시 실망의 기운이 스쳤다. 하지만 이내 상냥히 미소 짓고서 말했다.

"바래다줄게."

"괜찮아. 혼자 갈래. 그럼."

보은은 의자에 걸쳐놓은 가방을 들고 문 쪽으로 향했다.

"보은아."

민규가 불렀다. 보은이 뒤돌아섰다. 민규가 mp3 케이스를 들어 보은을 향해 내밀었다.

"이거, 가져가야지."

보은은 잠시 머뭇거리다가 mp3를 받아 가방에 넣었다. 카페를 나와 보은은 정처 없이 걸었다. mp3에서는 〈좋은 사람〉이 흘러나왔다.

오늘은 무슨 일인 거니

울었던 얼굴 같은걸

그가 너의 마음을 아프게 했니

나에겐 세상에서 젤 소중한 너인데

자판기 커피를 내밀어
그 속에 감춰온 내 맘을 담아
'고마워 오빤 너무 좋은 사람이야'
그 한마디에 난 웃을 뿐

혹시 넌 기억하고 있을까
내 친구 학교 앞에 놀러 왔던 날
우리들 연인 같다 장난쳤을 때
넌 웃었고 난 밤 지새웠지

10년의 사랑이 혼자만의 해바라기 사랑이 아니었다는 걸 알
았으니 기뻐야 할 텐데 이상하게도 전혀 기쁘지 않았다. 심장
이 뛰지도 설레지도 않았다. 오히려 답답했다. 커다란 돌을 매
달아 가슴속에 풍덩 떨어뜨린 것처럼 마음이 묵직했다. 보은
은 가방에서 휴대폰을 꺼냈다. 수화기 너머로 창수의 나지막
한 목소리가 들렸다.

*

밤이 내려앉은 청계천은 밤바다처럼 마음을 끌어당겼다. 개
천을 따라 색색의 갓을 씌운 호롱불들이 사람들의 발길을 자
연스럽게 이끌었다. 귀 기울이면 돌 틈 사이로 졸졸졸 시냇물

흐르는 소리가 어부를 유혹하는 세이렌의 아름다운 노랫소리
처럼 들렸다.

"마음이 답답할 때면 뭘 해?"

냇물 사이에 놓인 징검다리로 팔짝 뛰면서 보은이 물었다.

"좋아하는 영화를 보지. 〈세 얼간이들〉 같은 영화를 보면 우
울한 기분 따윈 말끔하게 사라져."

"나는 눈을 감고 여행을 떠나. 관광 안내서에서 보았던 아름
다운 곳을 떠올리며 내가 거기 있다고 상상하는 거지. 예를 들
면 여기 청계천을 파리의 세느 강이라고 여기는 거야. 그러면
나는 서울에서 일상에 치여 사는 소보은이 아니라 파리를 여
행하는 자유로운 소보은이 되는 거지."

창수는 눈을 감았다. 저 멀리 에펠탑이 하늘을 밝히고 지나
가는 여행객들에게 환하게 웃으며 '봉주르' 인사하는 낯선 프
랑스인들, 그리고 유유히 흐르는 세느 강을 나란히 걷고 있는
보은과 그.

두근.

가슴이 설레었다.

창수는 쑥스러움에 얼른 눈을 떴다. 곁눈질로 보니 보은은
생각에 골몰해 시냇물을 내려다보고 있었다.

"그런데 오늘은 그게 잘 안 돼. 사실 기쁠 때나 슬플 때나
즐거울 때나 우울할 때나…… 언제나 해오던 일이라 눈만 감
으면 자연스럽게 이루어졌는데 오늘은 아무리 하려 해도 잘

안 되네."

보은은 나직이 한숨을 섞으며 말했다.

"어딜 가고 싶은데?"

"음. 나이아가라 폭포? 그거 알아? 나이아가라 폭포는 길이가 약 600m, 높이가 50미터나 된대. 상상이 가? 아마도 직접 보면 답답한 마음이 뻥 뚫리겠지?"

보은은 마지막 징검다리를 두 발로 껑충 뛰었다.

"눈 감아봐."

"왜?"

"토 달지 말고 감아봐."

보은은 눈을 감았다. 잠시 부스럭거리는 소리가 들리더니 갑자기 귓가에 "야호!" 하는 커다란 고함 소리가 들렸다.

"아이고 깜짝이야!"

창수가 보은의 귀에 대고 외친 것이다. 보은이 귀가 먹먹해서 오른 귀를 어루만지며 눈을 떴다. 그러자 창수가 개구쟁이처럼 씩 웃으면서 두 손을 주먹 쥐었다 펴며 차가운 물을 튀겼다.

"무슨 짓이야?"

"나이아가라 폭포 옆에 가면 물이 떨어지는 소리에 고막이 아플 정도래. 또 물방울들이 튀겨 금방 비 맞은 생쥐 꼴이 된 다던데? 어때? 효과 장치가? 이 정도면 좀 상상이 돼?"

창수는 손에서 물기가 사라지자 몸을 구부려 두 손에 물을 묻힌 후 보은에게 튀겼다.

"하지 마."

보은이 얼굴에 쏟아지는 차가운 물방울들을 피하며 소리쳤다. 하지만 창수는 장난기가 동했는지 또다시 물을 묻혀 손가락을 튀겨댔다. 이대로 당하고 있을 수만은 없다. 보은도 장갑을 벗고 시냇물에 손을 담갔다. 얼음장 같은 물이 손끝에 닿았다. 보은은 두 손에 물을 담아 펌프질하듯 창수에게 퍼부었다. 그러자 창수도 맞은편에 앉아 물싸움을 시작했다. 그러나 곧 손이 시려운 걸 더 이상 참지 못하고 창수는 벌떡 일어나 도망치기 시작했다. 보은은 두 손을 오므려 시냇물을 퍼 담은 다음 도망가는 창수를 뒤쫓았다.

"거기 안 서!"

"서란다고 서면 바보지."

창수는 혀를 쑥 내밀며 약 올리고서 날쌘돌이처럼 앞서 달렸다. 보은은 창수의 얄미운 뒤통수를 향해 물을 튀기며 뒤따랐다.

"저기 편의점 보이지? 지는 사람이 커피 사기다!"

창수가 달리는 채로 뒤돌며 말했다.

"그런 게 어딨어! 타임, 타임! 다시 해!"

"인생은 원래 불공정 게임이야! 커피 사기 싫으면 젖 먹던 힘까지 내보라고!"

창수는 하하하 웃으며 거리를 내달렸다. 잠시 후 두 사람은 턱까지 올라온 숨을 몰아쉬며 편의점 앞에 나란히 서서 캔커피를 땄다.

"어때? 이제 좀 답답한 거 사라졌어?"

창수가 호로록 커피를 한 모금 마시면서 물었다. 정말이지 감쪽같이 답답한 마음이 사라졌다. 보은이 고개를 끄덕였다.

하늘에서 팔랑팔랑 눈이 내리기 시작했다. 눈꽃들이 하늘하늘 춤을 추면서 가로등 위에도, 지나가는 사람들의 머리 위에도 소복소복 쌓였다. 세상이 온통 하얀 마법에 걸린 포근한 밤이었다.

8
사랑은 …… 파랑새

짝! 하얀 손이 허공에서 커다랗게 호선을 그렸다. 보은은 뺨을 에는 아픔에 오른손으로 얼굴을 감싸 쥐고는 놀라 눈을 둥그렇게 떴다.

유선은 마음속에서 붉은 불길이 일렁이는 것 같았다. 뺨을 때릴 생각까지는 없었다. 하루 쉬면서 마음을 진정시키려 했지만 도저히 참을 수 없어 이야기나 해볼까 하고 사무실에 나왔다. 그런데 어젯밤 자신을 지옥 속으로 밀어놓은 보은이 해맑은 얼굴로 인사를 건네자 그만 저도 모르게 손이 나가고 말았다.

직원들 대부분은 외근을 나가고 남아 있는 몇몇이 놀라 일제히 유선과 보은을 바라보았다.

"감히 날 속여? 무슨 꿍꿍이속으로 〈해피투게더〉에 들어온 거지?”

유선이 부들부들 떨리는 목소리로 소리쳤다.

“무슨 짓이야?”

창수가 유선과 보은 사이에 끼어들었다.

“네가 더 나빠! 강창수, 이 여자가 소보로인 거 다 알면서도 어떻게 〈해피투게더〉에 데려올 수 있어!”

유선이 원망스럽게 창수를 바라보았다.

“말해! 민규 씨에게 무슨 짓을 한 거야?”

유선이 보은의 어깨를 잡으며 흔들었다. 보은은 얼굴에 핏기가 가신 채 그저 유선의 손길에 따라 맥없이 흔들리고 있었다.

유선이 어젯밤 민규를 만나러 그의 집으로 향하던 길이었다. 집 근처 골목길에서 민규의 아우디가 나오는 걸 보았다. 유선은 운전하던 차 방향을 틀어 아우디를 뒤따라갔다. 카페에서 소보은을 보았을 때 유선은 피가 거꾸로 솟는 기분이었다. 소보은이 가고 민규가 홀로 남아 생각에 잠겨 있자 유선은 그의 맞은편에 앉았다. 민규는 많은 말을 하지 않았다. 그저 미안하다고만 했다.

“그만해! 이별 통보까지 해놓고서 이게 무슨 짓이야?”

“창수 넌 빠져!”

“아니, 상관해야겠어. 내 여자 친구가 무작정 당하고 있는 거 보고 있을 수만은 없으니까.”

“여자…… 친구?”

유선이 어리둥절해서 되물었다.

"그래. 소보은과 나, 사귀는 사이야. 그러니 너와 김민규 사이에 무슨 일이 있는지는 모르지만 보은이까지 끌어들이지는 말아줘."

창수는 멍하게 서 있는 보은의 손을 보란 듯이 꼭 쥐었다.

"가자, 이하정 씨 미팅에 늦지 않으려면 지금 출발해야 해."

창수가 보은을 잡아끌며 성큼성큼 걸어 나갔다. 유선은 창수와 보은이 사라진 문 쪽을 말없이 바라보며 입술을 꾹 깨물었다.

"이것 좀 놔줘…… 아파."

보은은 깡충깡충 뛰다시피 하며 창수에게 이끌려 나갔다. 하지만 창수는 꿈쩍도 않았다. 마침내 건물 밖으로 나오자 그가 보은의 손을 놓았다. 보은은 잡혔던 손목을 다른 손으로 어루만지며 눈살을 찌푸렸다.

"너 바보야? 왜 가만히 당하고만 있어!"

창수가 버럭 소리를 질렀다.

"어쩔 수…… 없잖아. 안 그러면 유선 씨…… 상처받을 텐데……."

보은이 변명하듯 중얼거렸다. 창수는 그 말에 화가 몸에서 쑥 빠져나가는 것 같았다. 자기가 상처받으면서도 남 상처 줄까 걱정하는 순해 빠진 여자에게 더 무슨 말을 할까…….

보은의 오른쪽 뺨이 불그스레했다.

"잠깐만."

창수는 보은을 홀로 두고 잠시 사라졌다가 어디서 구했는지 달걀 하나를 가지고 왔다.

"자. 볼에 좀 대고 있어."

보은은 달걀을 받아 가만히 뺨에 댔다. 그러자 창수가 달걀을 빼앗아 들더니 한쪽 손으로 보은의 얼굴을 잡고 빨갛게 부은 반대편 뺨에 달걀을 둥글둥글 굴렸다.

"깨작깨작하지 말고, 자 이렇게!"

"아…… 알았어."

보은이 슬며시 몸을 틀어 창수의 손에서 빠져나왔다. 왠지 그의 손이 닿은 곳이 불에 덴 듯 뜨거웠다.

"고마워. 도와줘서……."

"뭘……."

창수는 멋쩍게 제 뒤통수를 쓰다듬으며 웃었다.

"나…… 고백받았어."

"응?"

"어제 민규 오빠한테…… 그래서 유선 씨가 그렇게 화가 난 건가 봐."

"잘……됐네……. 난 그것도 모르고 돕는답시고 여자 친구라는 이상한 소리만 하고……. 어! 진짜 늦겠다. 어서 가자!"

창수는 손목시계를 보며 허둥지둥 서둘러 앞장서 갔다. 돌아선 그의 얼굴이 딱딱하게 굳어 있었다.

＊

이하정의 집은 한강이 내려다보이는 전망 좋은 곳이었다. 소파에 앉아 이하정이 차를 내오기를 기다리는 동안 창수는 집 안을 한눈에 스캔했다. 고급 앤티크 가구에 대형 벽걸이 TV, 갤러리에 걸려 있을 법한 우아한 그림들과 조각품들……. 이별 통보 의뢰인인 현주 씨의 말에 따르면 이하정이 현주 씨의 전 남친인 최동욱을 차고 재벌 3세와 결혼했다더니 그 말이 맞는 듯싶었다.

"그래…… 최동욱 씨 일로 왔다고요?"

이하정과 똑 닮은 중년 부인이 넌지시 물었다.

'어머니라기엔 너무 젊고…… 나이 차가 좀 나는 언니인가?'

창수는 속으로 생각하며 "예" 하고 대답했다. 이하정이 쟁반에 차를 담아 왔다. 은은한 솔향이 났다.

"백두산에서 나는 솔로 직접 담근 차예요. 마시면 머리가 맑아질 거예요."

창수는 이하정이 앉기를 기다렸다. 보은이 찻잔을 가까이 가져가 향을 들이마셨다.

"최동욱 씨…… 그 사람, 이제는 나와 상관없는 사람인데 무슨 일인가요?"

"사실 저희는 이런 사람입니다."

창수는 지갑에서 명함을 꺼내 이하정과 언니에게 내밀었다. 이하정이 명함을 손에 들고 유심히 보았다.

"이별통보단…… 이별 도우미?"

명함을 든 채로 이하정이 고개를 갸우뚱했다.

"그렇습니다. 저희는 고객들에게 의뢰를 받아 이별을 통보해 주는 일을 하고 있습니다. 사실, 이렇게 찾아뵙게 된 건 얼마 전까지 최동욱 씨와 사귀었던 한현주 씨의 부탁 때문입니다."

"한현주?"

호기심이 잔뜩 어린 목소리로 중년 부인이 되물었다.

"네. 한현주 씨는 최동욱 씨와 1년 가까이 사귀었는데 최근 동욱 씨와 이별을 했지요. 그런데 이별 사유가…… 이하정 씨입니다."

"아니, 우리 딸이 왜? 하정이는 최동욱과는 헤어진 지 몇 년이나 되었고 그동안 연락 한 번 없었는데…… 설마, 하정이 너…… 그 사람이랑 연락 주고받은 거니?"

중년 부인이 이하정을 보며 눈을 둥그렇게 떴다.

"엄마는…… 아니에요."

하정은 당황해하며 고개를 저었다.

창수는 깜짝 놀랐다.

언니인 줄 알았더니 어머니라니……. 혹 이하정을 곤란하게 한 건 아닐까.

"오해하게 해드렸다면 죄송합니다. 이별 사유가 이하정 씨라고 한 건 최동욱 씨가 옛 연인을 잊지 못하고 계속 그리워했기 때문입니다. 한현주 씨는 결국 최동욱 씨와 헤어지게 되었지만 동욱 씨가 앞으로 행복하기를 진심으로 바라고 있습니다. 그러려면 옛 사랑인 이하정 씨를 잊을 수 있어야 한다고…… 그래서 부탁드립니다. 부디 이하정 씨가 최동욱 씨에게 이별을 선언해 주십시오."

창수는 사무실에 찾아왔던 한현주를 떠올리며 말했다. 그녀는 손수건이 흠뻑 젖도록 눈물을 흘리며 남자 친구의 옛 사랑이 이별을 선언해 주기를 부탁했다.

"하지만…… 나는 이미 그 사람과는 연락이 끊긴 지 오래예요. 그런데 이제 와서……."

이하정이 난감한 얼굴로 고개를 저었다.

"부탁드려요. 지금 행복하시잖아요. 최동욱 씨도 행복하게 새 출발을 할 수 있도록 조금만 도와주세요."

보은도 간절히 말했다.

"그러니까 최동욱이 우리 하정이를 아직도 잊지 못한다고?"

"예."

"그래서 최동욱의 여자 친구가 헤어졌는데 그 사람이 잘되기를 바라면서 우리 하정이한테 최동욱을 만나달라고 당신네들한테 부탁했다고?"

"말하자면 그렇습니다."

"얘, 하렴."

어머니가 딸의 옆구리를 쿡 찔렀다.

"엄마!"

이하정이 놀라 어머니를 보았다.

"이별 선언인가 뭔가를 하라는 게 아니야. 이참에 그 사람 꽉 잡아. 이번에는 반대 안 할 테니."

"예?"

보은은 사자의 발소리에 놀란 사슴처럼 눈을 둥그렇게 떴고 창수는 차를 마시다가 혀를 데었다.

"그렇게들 보지 마요. 얘도 이제 솔로니까."

"엄마!"

이하정이 당황해서 큰 소리로 어머니를 불렀다.

"나 귀 안 먹었어. 너도 그 사람 못 잊고 있잖니? 그 사람도 너 못 잊고 있겠다 뭐가 문제야? 싫다는 거 우겨 시집보내 이혼녀 만들었다고 원망 말고 이참에 최농욱 그 사람 잡아!"

"그런 말 마요. 내가 그 사람한테…… 얼마나 상처 줬는데……."

이하정은 울상을 지었다.

"그만큼 앞으로 잘하면 되지. 최동욱, 그 사람 연락처 어떻게 되죠?"

어머니는 창수를 보며 당당하게 말했다.

창수와 보은은 딱 잘라 거절하는 이하정에게 생각해 보라며 서둘러 집을 나왔다. 그녀의 어머니가 집요하게 최동욱의 연락처를 요구하는 바람에 이하정을 진득하게 설득할 수도 없었다. 창수는 최동욱의 연락처를 놓고 왔으니 나중에 알려주겠노라고 진땀을 뺐다.

"뭐, 저런 아주머니가 다 있어?"

보은은 엘리베이터의 1층 버튼을 누르며 어처구니없다는 듯 투덜거렸다. 한현주 씨의 고운 마음을 이런 식으로 이용하려 하다니……. 혹 떼러 왔다가 혹 붙인 격이었다. 그나마 이하정 씨는 상식이 있기에 다행이었다.

"사랑이 넘치면 그럴 수도 있지."

"설마, 지금 저 아줌마 옹호하는 거야?"

"옹호하는 게 아니라 저런 게 부모 마음이라는 거지. 때론 맹목적이고 때론 안하무인인 거……."

창수가 씁쓸히 말했다. 보은이 반박하려는데 창수가 "잠깐만" 하며 전화를 받았다.

"응, 영탄아."

"혀엉……."

수화기 너머로 끄윽 끅, 하는 울음소리가 들렸다.

"왜 그래? 무슨 일이야?"

창수가 다급히 물었다. 보은도 귀를 쫑긋 세웠다.

"팔광이가…… 우리 팔광이가……."

영탄은 그 말만 되풀이하며 서럽게 울었다.

*

차는 고속도로를 빠져나와 국도로 접어들었다. 산들도 슬픈 듯 양옆으로 낮게 웅크리고 있었다. 차 안에는 울다 지친 영탄이 간헐적으로 코를 훌쩍이는 소리만 들렸다. 영탄은 팔광이를 무릎에 안고서 애처롭게 쓰다듬고 있었다. 차가 영탄의 고향 집으로 들어서자 슬레이트를 얹은 개집에서 개가 사납게 짖어댔다. 그 소리에 주인집 현관문이 열리고 중년의 남자가 오리털 파카에 슬리퍼 차림으로 나왔다.

"영탄이 왔냐?"

"순덕 아저씨, 안녕하셨어요."

"소식 들었다. 쯧쯧, 작년에 할머니 잃고 팔광이가 니 유일한 식구였는디……. 겁나게 거시기하겠구나. 싸게 들어가라. 불 지펴놨응께."

순덕은 영탄의 어깨를 두드려주고는 집으로 들어갔다. 영탄은 차에서 팔광이를 꺼내 양팔로 안았다. 지순과 보은이 툇마루에 재빨리 담요를 깔았다. 그러자 영탄이 그 위에 팔광이를 조심스레 놓았다.

"삽은 어디 있니?"

창수가 마당을 둘러보며 물었다.

“창고에 있을 거예요. 하나 갖곤 부족하니까 순덕 아저씨한테 빌려 올게요.”

영탄이 툇마루 옆 쪽문을 가리키며 말했다. 창수가 창고를 뒤져 삽을 찾는 사이 영탄이 플래시와 삽을 들고 돌아왔다.

“여기가 좋겠어요. 팔광이는 여기서 낮잠 자는 걸 제일 좋아했어요.”

영탄이 가리킨 곳은 대문 옆에 있는 커다란 감나무 아래였다. 영탄은 눈물을 훔치며 삽을 땅에 박아 넣었다. 땅이 얼어 있어서 구덩이를 파기가 여간 쉽지 않았다. 어느새 창수와 영탄의 얼굴에는 굵은 땀방울이 맺혀 있었다.

영탄이 팔광이를 구덩이에 눕혔다. 마치 자고 있는 것처럼 평화로워 보였다.

“이 정도면 호상이야. 호상.”

창수가 울먹이는 영탄의 어깨를 손으로 짚었다.

“난 말이죠…… 어렸을 적에 팔광이가 우리 엄마를 찾아줄 거라 생각했어요. 아버지 돌아가시고 엄마가 팔광이랑 나를 할머니한테 맡기고 돈 많이 벌어온다고서는 소식이 끊겼죠. 너무 어렸을 때라 엄마 얼굴도 기억 안 나서…… 팔광이는 엄마 냄새를 기억하겠지…… 개는 냄새를 잘 맡으니까 엄마 냄새 기억해 주겠지…… 그렇게 생각했어요. 어느 날, 팔광이랑 길을 가는데 팔광이가 어떤 아줌마를 보고 킁킁거리며 쫓아가면…… 그 사람이 바로 우리 엄마인 거지…… 그런 꿈을

껐어요. 팔광이가 엄마 찾아줄 거라 그렇게 믿었는데…… 근데 나중에는 엄마가 없어도 팔광이 때문에 참 좋았어…… 팔광이 때문에 웃고 팔광이 때문에 기뻤어……"

"팔광이도 너 때문에 행복했을 거야."

지순이 위로했다.

"누나……."

영탄이 두 눈에 어린 눈물을 훔쳤다.

"자, 이만 보내줘."

창수가 흙을 한 삽 떠 영탄에게 건넸다. 영탄은 삽을 받아 들고는 팔광이의 몸 위에 흙을 뿌렸다. 팔광이가 금방이라도 벌떡 일어나 멍멍 짖을 것만 같았다. 부연 시선 너머로 팔광이의 몸이 점점 사라져 갔다.

"으엉…… 팔광아!"

영탄이 오열하자 지순이 뒤에서 그를 꼭 안아주었다. 보은이 소리 죽여 울음을 삼켰다. 창수는 고개를 슬며시 돌려 눈가에 어린 눈물을 훔쳤다.

슬픔 속에서 밤이 깊어갔다.

*

사무실이 청담역에서 가깝다고 했지? 근처에 외근 나왔는데 잠깐 나올래? 이 근처에 맛집 하나 아는데…… 같이 점심 먹자. 나올 때까지 기다릴게.

보은은 휴대폰을 말끄러미 내려다보며 한숨을 폭 쉬었다. 민규는 고백 후 꽤나 적극적이었다. 부담을 주지 않으려는 듯 전화는 자제했지만 매일 다정한 문자를 보내오기도 했고 집 앞에 보은이 좋아하는 과일로만 가득 채운 바구니와 선물을 놓고 가기도 했다.

째각째각.

사무실 벽에 걸린 시곗바늘의 초침이 보은의 심장을 콕콕 찌르는 것만 같았다. 그동안 민규의 문자에 답장 하나 하지 않았다. 민규를 좋아하는 마음은 여전하지만 어쩐지 그의 고백을 선뜻 받아들일 수가 없었다.

유선 때문일까, 곰곰히 생각해 보았지만 꼭 그 때문만은 아닌 것 같았다.

이렇게 마냥 민규를 피할 수만은 없는 노릇이었다. 보은은 휴대폰을 내려다보면서 초조한 듯 입술을 물어뜯었다.

"누나! 누나도 문자 받았어요?"

영탄이 뒤에서 고개를 쑥 내밀고는 물었다. 보은은 깜짝 놀라 후닥닥 손으로 휴대폰을 가렸다.

"무…… 무슨 문자?"

보은이 더듬더듬 물었다. 영탄이 휴대폰을 들고 "짠" 하면서 환하게 웃음 지었다.

"지순 누나가 힘내라고 초코바 보내줬어요."

영탄은 귀여운 여자 아이콘이 '화이팅!' 하면서 양손을 주먹 쥐고 있는 액정 화면을 보여주었다. 지순이 보낸 기프트콘은 효과 만점이어서 팔광이를 보낸 후 내내 시무룩하던 영탄의 얼굴이 활짝 펴졌다.

"누나한테는 뭘 보내줬어요? 봐요."

"아…… 아냐. 그런 거. 광고 문자야. 지순한테 온 거 없어."

"그럼 나한테만 보낸 거란 말이지? 히힛."

영탄은 휴대폰을 가슴에 소중하게 꼭 안았다. 그 옆에서 창수가 기지개를 크게 켜고는 일어나 의자에 걸어두었던 외투를 걸쳤다.

"아, 배고프다. 밥 먹으러 가지? 어디 갈까? 소보은, 뭐 먹고 싶어?"

창수가 보은의 어깨를 가볍게 툭 치며 묻자 보은은 화들짝 놀라며 멈칫거렸다.

"왜 그렇게 놀래? 밥 먹으러 가자는데……."

창수가 고개를 갸웃거렸다.

"먼저 가……. 난…… 친구랑……."

"친구랑 약속 있어? 앗싸, 돈 굳었고! 오늘은 내가 한턱내려 했는데 약속이 있다니 할 수 없지. 영탄아, 가자. 네가 먹고 싶은 거 있으면 다 말해. 이 형이 쏘마!"

"와, 정말요?"

"자식, 속고만 살았나! 뭐든 콜, 오케이?"

창수는 영탄의 어깨에 팔을 둘렀다.

"야, 나 오늘 횡재했네. 초코바에 점심에……."

영탄은 얼굴에 웃음꽃을 띤 채 창수와 함께 사무실을 나갔다.

'어쩌지?'

보은은 텅 빈 사무실에서 휴대폰을 들고는 뒤가 마려운 강아지처럼 끙끙대며 왔다 갔다 했다. 그러다 마침내 결심한 듯 옷걸이에서 코트를 꺼내 입었다. 민규가 기다리고 있는 청담역 근처 커피숍까지 걸어가는 동안, 5분이라는 짧은 시간이 보은에게는 마치 영원처럼 길게 느껴졌다.

"나와줘서 고마워. 이대로 점심도 못 먹고 가는 건 아닌가 했는데……. 가자. 근처에 정말 맛있는 집 있어."

민규는 반갑게 보은을 맞으며 말했다.

"잠깐만…… 어딜 갈 건데?"

보은은 선뜻 발길이 내키지 않았다. 회사 근처라 창수 일행을 만날 수도 있었다. 그건 아무래도 께름칙했다.

"이태리 음식점. 요리사가 이탈리아 사람인데 정말 솜씨가 좋아."

이탈리안 레스토랑이라는 말에 보은은 조금 안심했다. 뚝배기 입맛을 가진 창수가 영탄과 레스토랑에서 파스타를 먹지는 않을 테니까. 레스토랑의 위치도 안심을 더해주었다. 레스토랑 '뜨락'은 〈해피투게더〉 사무실 건너편 거리에 있어서 주

로 점심을 가까운 식당에서 해결하는 창수가 굳이 횡단보도
까지 건너 이편으로 건너오지는 않을 것 같았다.

'뜨락'의 입구는 그 이름처럼 아기자기하고 아늑했다. 가정
집을 개조한 듯, 잔디가 깔린 정원 한쪽에는 파라솔이 놓인 테
이블이 두셋 있었고 반대편에는 멋들어진 소나무가 가지에
흰 눈을 얹은 채 파란 솔잎을 자랑하고 있었다. 여름에 왔다면
참으로 운치 있는 자리였을 것 같았다. 현관문을 열고 안으로
들어가니 흰 와이셔츠에 검은 나비넥타이를 맨 청년이 다가
와 두 사람을 자리로 안내했다. 창문으로 정원 쪽 풍경이 보이
는 자리로, 안쪽 깊숙한 곳이었다. 민규가 빼주는 의자에 앉다
가 보은은 맞은편 테이블에 앉은 사람을 보고 놀라 그만 망부
석처럼 굳어버렸다.

"어, 누나!"

영탄이 포크로 새우를 콕 집어 입에 넣다가 보은을 보고는
반갑게 말했다. 그 결에 창수가 뒤를 돌아보았다. 창수는 앉은
것인지 서 있는 것인지 엉거주춤, 안절부절못하는 보은에게서
시선을 돌려 그 옆에 서 있는 멀대를 쳐다보았다. 창수의 입이
삐죽이 일그러졌다.

"친구가…… 김민규 씨였어?"

"으……응."

보은은 안색이 하얘져서 털썩 자리에 앉았다. 민규도 뜻밖
의 상황에 난처한 표정을 지었다. 이미 보은이 앉은 데다 웨이

터가 메뉴판을 테이블에 놓아준 터라 이대로 나가기도 뭐했다. 떫은 감을 씹은 듯 민규도 떨떠름하게 자리에 앉았다. 보은은 쥐구멍에라도 숨고 싶은 마음에 메뉴판을 높이 들어 열심히 메뉴를 고르는 척했다.

"누나, 여기 해물 크림 파스타 정말 끝내줘요. 그거 먹어요. 한 번 먹으면 완전 중독돼요."

영탄이 해맑게 메뉴를 추천해 주었다.

'으이그, 그냥 모른 척해주면 안 되니!'

보은은 "응" 하고 대답하며 한숨을 푹 쉬었다.

한 번 먹으면 중독된다는 해물 크림 파스타는 정말로 맛이 있는 것 같았으나 보은은 그게 입으로 들어가는지 코로 들어가는지도 모른 채 먹었다. 민규를 만나면 무슨 말을 해야 할지 스스로도 몰랐지만 점심을 이렇게 망친 이후로 민규와 얘기를 나누고픈 마음도 사라졌다. 민규 역시 창수 일행이 걸렸는지 테이블 위에는 그저 포크질 소리만이 흘렀다. 창수와 영탄이 먼저 먹고 나간 후 그제야 민규가 몇 마디 말을 걸었다. 하지만 보은은 "응", "아니" 하고 단답형으로만 대답했다.

"디저트는 뭐로 드릴까요? 초코 푸딩과 아이스크림이 있는데……"

웨이터가 그릇을 치우며 물었다.

"아니, 됐어요. 이만 들어가 봐야 하는데…… 오빠도 괜찮지?"

보은은 디저트를 사양하며 민규에게 물었다. 그리고는 대답을 기다리지 않고 일어나 코트를 챙겼다.

"보은아, 잠깐 얘기 좀 해."

먼저 나가는 보은의 손목을 붙잡으며 민규가 말했다. 보은은 뒤돌아 민규를 보았다. 그가 초조하고 안타까운 눈빛으로 그녀를 바라보고 있었다. 보은은 허둥지둥 도망치는 자신의 모양새가 스스로도 한심했다.

하지만 모르겠다. 오늘은 정말 민규를 만나지 않았으면 좋았을 뻔했다.

"미안…… 내게 조금만 시간을 줘. 오래 걸리지는 않을게. 그러니 당분간은 혼자 생각할 수 있도록 가만히 내버려둬 줘."

민규는 잠시 말이 없었다. 그저 보은의 얼굴을 물끄러미 바라볼 뿐이었다. 영원 같은 짧은 침묵이 흐른 후 마침내 민규가 입을 열었다.

"너한테 돌아오고 싶어서 내가 너무 성급했다. 그래…… 그럴게."

"고마워."

보은이 희미하게 미소 지었다.

사무실 문의 손잡이를 잡은 채 보은은 숨을 크게 들이마셨다가 내쉬었다. 그런 다음 일부러 활기차게 문을 열고 안으로 들어가 왼손에 들고 있던 비닐봉지를 흔들었다.

"짜잔, 커피 배달 왔습니다!"

사무실에는 외근 나갔던 직원들이 모두 돌아와 있었다. 보은은 사무실에서 가장 연배가 있는 두꺼비 아저씨부터 캔커피를 돌리기 시작했다.

"야, 보은 씬 어쩜 이렇게 내 맘을 잘 아냐. 고마워, 내가 담에 보은 씨한테 맛있는 밥 쏜다!"

워낙 짠돌이라 동료는 물론이고 후배들한테도 밥 한 번 산 적 없다는 두꺼비 아저씨가 말했다.

"역시 미인은 마음 씀씀이도 다르다니까."

"천사가 따로 없구만."

따뜻한 커피를 받아 든 남자 직원들은 희희낙락하며 저마다 보은에게 립 서비스를 날렸다. 보은은 볼우물을 패며 웃으면서 영탄과 지영에게도 커피를 건넨 후 자리로 돌아와 옆자리에 앉은 창수의 책상 위에 커피를 가만히 올려놓았다. 그러곤 일하는 척 컴퓨터 마우스를 딸깍거렸다.

창수는 덩그러니 놓인 커피를 바라보다가 시치미를 뚝 떼고 앉은 보은을 못마땅한 듯 보았다. 그가 오른손을 뻗어 보은의 책상을 톡톡 쳤다. 보은이 못 들은 척 모니터만 쳐다보고 있자 이번에는 조금 더 세게 톡톡 두드렸다. 그제야 보은이 고개를 돌려 창수를 보았다.

"잠깐 얘기 좀 하지."

창수는 작게 소곤거리고는 앞장서 사무실을 나갔다. 보은은 창수의 등을 보고서 한숨을 휴, 쉬고 따라나섰다. 건물 안에 마련된 간이 휴게실은 때마침 비어 있어 이야기하기 좋았다. 보은이 휴게실 문을 닫고 돌아서자 창수가 기다렸다는 듯 대뜸 소리쳤다.

"소보은, 너 강아지야?"

"뭐?"

보은은 이해 못 할 소리에 멍하니 되물었다.

"김민규 그 사람 손짓 하나에 좋아서 꼬리 흔드는…… 꼭 그 꼴이잖아. 넌 뺄도 자존심도 없어? 그리 심하게 차여놓고서는 그 사람 다시 만날 생각이 들어? 허 참."

창수는 어이없어하며 고개를 설레설레 저었다.

가슴을 퍽퍽 쳐서 이 답답함을 풀 수 있다면 수만 번은 치고도 남았으리라.

뜨락에서 보은을 마주한 순간, 먹던 국수 가락이 뱃속에서 돌돌돌 밀리며 똬리를 틀고선 가슴을 꽉 막아버렸다. 김민규가 고백해 왔단 얘기를 보은에게서 들었을 때 별말은 하지 않았지만 그래도 설마 했다.

아무리 좋아했어도 자기 가슴에 비수를 꽂은 남자인데 다시 만날까.

그런데 이 밥통은, 아니 순해 빠진 강아지 같은 여자는 천진한 눈망울에 그저 사랑만 듬뿍 담고 있었다.

대체 왜 고양이처럼 약지 못한 것일까. 주인이 곁에 와달라고 사정을 해도 고고하게 고개를 들고서 우아하게 걸으며 유유자적하는…… 그리하여 주인의 마음을 온통 빼앗아버리는 고양이처럼!

하지만 보은은 가슴이 시퍼렇게 멍들어도 주인이 부르면 좋다고 달려가는 미련 곰탱이 강아지였다. 그래서 창수는 마음이 시렸다. 이 여자가 또 상처받을까 봐. 이 바보가 또 퍼렇게 멍든 가슴을 안고 홀로 어깨를 흐느낄까 봐.

"남이사, 누굴 만나든 무슨 상관이람?"

안 그래도 심난한 마음이었는데 기름을 붓는 창수의 말에 보은이 팽 토라졌다.

"남이사?"

창수가 섭섭한 눈길로 보은을 보았다.

하긴 틀린 말이 아니었다. 그저 같이 일하는 동료일 뿐, 보은과 창수는 남이었다. 그런데 그 당연한 사실이 왜 이리 서운한 것일까.

"남이니까 얘기하는 거야. 내가 소보은이 아니라 남이니까……. 장기도 두는 사람보다는 옆에서 구경하는 사람이 더 수를 잘 보잖아. 그거랑 똑같아. 그러니까 훈수 좀 둘게. 네가 지금 가는 길, 그거 장미꽃길만은 아닐 거야. 김민규 씨, 지금은 너 좋다 하지만 그 사람, 자기 여자 친구 때문에 그저 짝사랑만 했던 너한테 이별까지 통보했던 사람이야. 네 맘 아플 거

뻔히 알면서도 이별을 통보했던 사람이라고! 달콤한 고백에 설마 그 사실까지 잊어버린 건 아니겠지?”

“알아. 안다고!”

“아는데 고백받은 지 얼마나 됐다고 그렇게 덥석 넘어가?”

“왜? 넘어가면 안 돼? 좋아하는 사람한테 고백받았으니까 그냥 순수하게 기뻐하면 안 돼? 그리고 강창수, 당신은 이런 말할 자격 없어! 지옥 같은 이별을 대신 통보해 주었던 사람이 누군데! 바로 너잖아!”

보은의 말이 창수의 가슴을 푹 찔렀다. 창수의 얼굴이 해쓱해졌다.

“그……랬지. 미안하다. ……내가 주제넘었어.”

창수는 몸 안의 힘이 모두 빠져나간 사람처럼 맥없이 말했다.

“네 말이 맞아. 나한테는 자격이…… 없지.”

창수가 한숨을 훅 쉬고는 말없이 보은을 보았다. 그가 휴게실 문을 열고 사무실 쪽으로 걷기 시작했다. 가만히 서 있는 보은에게서 창수가 한 걸음 한 걸음 멀어졌다.

“창…….”

하지만 보은은 말을 삼켰다. 창수를 불러서 도대체 무슨 말을 해야 할지 몰라 차마 부를 수 없었다. 오늘은 종일 제 마음을 알 수 없어서 우왕좌왕, 안절부절못하고 있다. 하지만 지금 이 순간, 한 가지 사실만은 뚜렷했다.

자신에게서 멀어져 가는 창수의 등이 너무도 아프게 느껴진다는 사실!

하지만 보은은 안타까운 눈길로 창수를 바라볼 뿐이었다.

*

한산한 카페 안에 두 남녀가 앉아 있었다. 겨우 대여섯 테이블 정도의 작은 카페였다. 윙 돌아가는 커피 블렌더 소리가 멈추고 은은한 커피향이 나더니 종업원이 "에스프레소와 카페라떼 나왔습니다" 하고 말했다. 그러자 어색하게 앉아 있던 남자가 벌떡 일어나 점원에게서 쟁반을 받아 자리로 돌아왔다.

남자는 카페라떼를 여자의 앞에 놓아주고 에스프레소를 한 모금 마셨다. 긴장했는지 남자의 귀에 커피 넘기는 소리가 천둥을 울리는 소리처럼 들렸다.

"여긴 예전 그대로네. 커피 맛도 여전하고."

남자가 과장스럽게 주위를 둘러보며 운을 떼었다. 여자가 남자를 지그시 바라보더니 말했다.

"동욱 씨도 예전 그대로야."

"그대로긴…… 이젠 아저씨지 뭐."

동욱이 멋쩍은 듯 머리를 긁적였다.

"이렇게 널 다시 보게 되다니…… 네 연락을 받고 꿈이 아닌가 싶었어. 널 보고 싶어하는 마음에 내가 환청을 만들어낸 게 아닌가 했지."

동욱은 하정을 애틋한 눈길로 보았다. 그 눈길에 하정이 슬며시 고개를 떨어뜨렸다.

"미안해…… 이 말을 하고 싶었어……"

어느새 하정의 눈에서 맑은 눈물이 떨어졌다.

"괜찮아. 어쩔 수 없었잖아. 나라도 그랬을걸. 부모님을 어떻게 이겨."

동욱이 의자를 당겨 앉아 다정히 하정의 손을 감싸 쥐었다. 고개를 수그린 하정의 손이 동욱에게 감싸인 채 미세하게 떨렸다.

"어머머, 손을 잡았어!"

카페 밖에서 동욱과 하정의 동정을 살피던 보은이 요란을 떨었다. 오늘의 만남을 주선한 창수와 보은은 약속 장소가 너무 협소한 탓에 그들을 방해하지 않으려고 카페 밖에서 기다리고 있었다. 아니, 그보다는 망을 보고 있다는 말이 더 맞았다. 이하정이 최동욱에게 진짜 이별 선언을 하는시 시켜봐야겠다고 보은이 고집한 것이다.

둘이서 언쟁을 한 이후로 창수와 보은은 의식적인 평화를 유지하고 있었다. 창수도, 보은도 그 일을 다시는 언급하지 않았다. 마치 아무 일도 없었던 것처럼 서로 간에 적절히 거리를 유지했다. 둘 사이는 여전했지만 보은은 때때로 창수가 멀어진 느낌이 들었다. 그럴 때면 묘한 불안감이 들기도 했다. 그러나 그 불안이 무엇에서 비롯되는지 보은은 아무리 생각해도 알 수 없었다.

며칠 전, 이하정의 어머니에게서 연락이 왔다. 어머니는 대뜸 최동욱의 연락처를 달라고 떼를 썼다. 하정이 아무리 해도 최동욱과 다시 만날 생각을 안 하니 자신이 최동욱과 얘기해 보겠다는 거였다.

"안 됩니다."

"아니 왜요?"

된다, 안 된다 창수와 한참을 옥신각신하던 어머니는 그럼 딸이 그 이별 선언인가 뭔가를 하게 설득할 테니 둘의 만남을 꼭 주선해 달라고 신신당부했다. 그리고 이틀 후, 하정에게서 전화가 왔다.

"이하정 씨, 정말 어머니의 설득에 넘어가 이별 선언을 핑계로 최동욱 씨와 잘해 보려는 걸까?"

창수가 디데이와 약속 장소를 하정과 의논하고 전화를 끊자 보은이 혼잣말을 하듯 물었다.

"그럴지도 모르지. 하지만 어떤 선택을 하든 그건 이하정 씨의 몫이니까."

창수가 보은을 보며 말했다. 보은은 왠지 창수의 말에 속뜻이 있는 것 같아 마음이 무거웠다. 그녀가 창수의 시선을 피해 가만히 눈을 내리깔았다.

평소의 보은 같았으면 차라리 한현주의 의뢰를 거절하는 편이 낫겠다고 법석을 떨 텐데 아무 말이 없자, 창수는 가슴 한쪽이 아렸다. 만약 이하정이 최동욱과 잘해 보려고 한다면 창수는 하정에게 이렇게 말하고 싶다.

옛사랑은 옛사랑으로만 간직해 달라고.

아니, 이 말은 보은에게 하고 싶은 말이다. 하지만 지은 죄가 있으니 입 밖으로 결코 낼 수 없는 말.

"한현주 씨의 바람은 결국 최동욱 씨가 행복해지는 거야. 그러니 이걸 기회로 두 사람이 다시 사귀게 되더라도 어쩔 수 없지."

창수가 씁쓸히 말했다.

"그렇지만……."

보은은 뒷말을 흐렸다.

한현주를 응원하는 마음은 변함없는데, 전처럼 이하정을 무조건 비난할 수가 없었다. 이하정과 속사정은 다르지만 그녀처럼 옛사랑에게 돌아갈지 말지, 복잡 미묘한 입장에 있는 보은으로서는 하성이 겪고 있을 감정적 혼란이 님일 같지 않았다.

돌아가고 싶기도 하고 이대로 그저 옛사랑으로 남겨두고 싶기도 하고.

창수와 보은은 하정이 말한 카페를 섭외하고 그녀에게 알렸다. 하정은 별다른 이벤트 없이 단둘만 있는 가운데 조용히 이별을 고하기를 원했다.

최동욱이 자리에서 일어나 하정의 옆에 앉았다. 하정은 눈물 젖은 얼굴을 스르륵 동욱의 어깨에 기댔다.

"정말 다시 시작하려나 보네, 이하정 씨!"

보은이 그걸 보고 심난해하며 말했다.

"그런가 보군."

창수가 나지막이 대꾸했다.

최동욱과 이하정은 한동안 다정한 커플처럼 그렇게 있었다. 나란히 곁에 앉아 손을 꼭 쥔 채 깊고 깊은 얘기를 나누었다. 때론 서로의 눈가에 맺힌 눈물을 닦아주기도 하면서 때론 은은한 미소를 주고받으며 재회의 기쁨을 누렸다.

"으으, 춥다. 이제 그만 철수하지? 끝나면 하정 씨한테 연락 오겠지."

창수가 으슬으슬 떨면서 말했다.

"안 돼. 그럼 한현주…… 씨한테 너무 미안한걸. 끝까지 지켜봐야지!"

보은은 추위를 떨쳐버리듯 제자리뛰기를 하며 고집을 부렸다.

'하여튼 똥고집은……'

창수는 보은이 입술이 파래져서 바들바들 떠는 걸 보면서 속으로 혀를 찼다.

"그럼 몸 좀 녹이게 커피라도 사 오든가."

창수가 지갑에서 만 원을 꺼냈다. 보은은 만 원을 받아 들면서 "한눈팔지 마!"라고 재차 다짐하고는 길 건너편 커피숍에 가려고 횡단보도 앞에서 신호등을 기다렸다. 잠시 후, 보은이 다리를 절뚝이며 한 손에 커피를 들고 왔다.

"다리는 왜 그래?"

"오다가 미끄러졌어. 그래도 커피는 안 쏟았다!"

보은이 왼손으로 V자를 그려 보이며 자랑스럽게 말했다. 그래도 아까보다는 얼굴에 화색이 도는 걸 보니 커피 심부름을 보내길 잘했다 싶었다. 창수는 피식 웃고는 종이컵의 뚜껑을 열어 커피향을 맡고서 한 모금 마셨다. 따끈한 온기가 목구멍으로 넘어가자 온몸이 녹았다.

"어! 나온다!"

최동욱이 일어서서 카페 문 쪽으로 걸어오는 걸 보고 보은이 외쳤다. 문이 열리고 그가 나오자 보은과 창수는 짐짓 모르는 척, 그저 길에서 수다를 떨며 데이트를 즐기는 연인인 양 호들갑스럽게 웃고 떠들었다.

"저, 강창수 씨?"

최동욱이 곧장 다가와 묻자 창수는 낭황했다. 보은도 눈을 동그랗게 떴다. 최동욱에게 연락을 취한 사람은 이하정이었기에 동욱이 창수를 알 리 없었다.

"아…… 네."

창수가 대답했다. 동욱은 창수의 손을 덥석 잡았다.

"고맙습니다."

"네?"

“하정이에게 얘기 다 들었습니다. 당신이 오늘 만남을 주선해 주었다고……. 정말 고맙습니다. 덕분에 현주가…… 절 얼마나 사랑하는지 알게 되었습니다. 전 그동안 눈뜬장님이었어요. 옛사랑에 취해서 내 곁에 얼마나 소중한 사람이 있는지 모른 채 떠나보냈습니다. 고맙습니다. 이렇게 늦게라도 깨닫게 해주어서…….”

“그럼?”

동욱이 보은에게 고개를 끄덕여 보였다.

“너무 늦지 않았으면 좋으련만…….”

“늦지 않았고말고요!”

보은이 반갑게 웃으며 말했다. 동욱은 두 사람에게 몇 번이고 고맙다고 인사하고는 뒤돌아섰다. 그가 걸어가면서 주머니에서 전화를 꺼냈다.

“현주니?”

애정을 담뿍 담은 동욱의 목소리가 바람결에 들려왔다. 보은은 수화기 너머로 한현주가 환하게 웃는 얼굴이 보이는 듯했다. 하정이 멀어져가는 동욱의 뒷모습을 보며 은은히 미소 지었다.

“고맙습니다. 두 분 덕분에 저도 동욱 씨를 이제 제 인생에서 떠나보낼 수 있게 되었어요.”

하정은 보은과 창수에게 가볍게 목례하고는 눈길을 밟으며 사뿐사뿐 걸어갔다. 그 모습이 경쾌하고 밝아 보였다.

"잘됐다."

보은이 창수를 보며 생긋 웃었다. 가슴을 무겁게 짓누르던 돌덩이가 쑥 빠져나간 듯 보은의 마음이 홀가분해졌다.

"응. 잘됐어."

창수가 대답했다.

"가자, 뜨끈한 우동이라도 먹자고."

창수가 앞서 걸었다. 그의 얼굴에도 살포시 미소가 어렸다.

"응!"

보은이 창수를 따라잡으며 다리를 절룩였다.

"뭐야? 아직도 아파?"

창수가 뒤돌아 보은을 보았다.

"괜찮아. 쫌 쑤시는 것뿐이야."

보은은 아무렇지도 않다는 듯 다리를 흔들어 보였다. 그러다 신경을 건드렸는지 얼굴을 살짝 찌푸렸다.

"어디 봐."

창수가 쪼그리고 앉아 보은의 발목을 살폈다. 복숭아뼈 아래가 땡땡하게 부어 있었다.

"어휴, 단단히 삐었구만. 병원 가야 하는 거 아냐?"

"됐어. 이런 걸로 무슨 병원…… 파스나 사다 붙이면 되지. 괜찮다니까."

보은이 발목에 걸친 양말을 추어올리며 앞장섰다. 기우뚱하니 걷는 게 영 시원찮았다. 창수가 보은 앞을 막아서며 앉았다. 보은이 멀뚱멀뚱 창수를 보았다. 창수가 앉아서 등을 내민 채로 고개를 돌렸다.

"뭐해? 어서 업히지 않고?"

창수가 재촉했다.

"창피하게 무슨…… 어라라!"

보은이 창수에게서 비켜서서 두 손을 앞뒤로 척척 흔들며 걸어 나가다가 갑자기 몸을 휘청댔다.

"거봐, 그 다리로 눈길에 안 미끄러지고 배겨? 고집 부리지 말고 업어준다고 할 때 업혀."

"그럼, 저어기 약국 앞까지만이다."

보은은 못 이기는 척 창수의 등에 업혔다. 창수가 영차, 하고 오른손으로 바닥을 짚고 일어나 보은이 떨어지지 않게 양 다리를 꼭 둘러맸다.

"아 쫌 잘 잡아. 흘러내리잖아."

창수가 상체를 튕겨 보은을 위로 올리며 핀잔을 놓았다. 보은은 창수의 어깨 옷깃을 어색하게 잡고 있던 손을 슬그머니 그의 목에 둘렀다. 그러자 창수가 배시시 웃음을 지었다.

창수의 등은 듬직했다. 그는 소복소복 쌓인 눈 위를 미끄러지지도 않고 차분차분 걸었다.

"무겁지? 그만 내릴게."

"괜찮아. 다 왔어."

창수가 두 손을 힘주어 깍지 끼며 보은을 단단히 업었다. 보은은 엎힌 채로 창수를 내려다보았다. 그의 귓가에 땀이 송골송골 맺혀 있었다. 보은은 그 땀방울을 물끄러미 보다가 창수의 어깨에 살며시 고개를 기댔다.

전 그동안 눈뜬장님이었어요. 옛사랑에 취해서 내 곁에 얼마나 소중한 사람이 있는지…….

문득 최동욱의 말이 보은의 머릿속에 맴돌았다.
"있잖아, 다 알고 있다고 생각했는데 막상 아무것도 모르고 있는 거 있어?"
"글쎄."
"나는 파랑새가 그렇다!"
"파랑새?"
"응. 치르치르랑 미치르는 파랑새를 찾아 동쪽 나라로 갔잖아. 근데 이상하게도 그 애들이 뭣 때문에 파랑새를 찾아 여행을 떠났는지는 잘 모르겠어. 혹시 알아?"
"글쎄. 열심히 찾다가 결국 포기하고 집에 돌아와 보니 파랑새가 집에 있었다는 것밖에……."
"그치? 그렇다니까."
보은이 맞장구를 쳤다.
너무 잘 알아서 다 알고 있다고 착각하고 있는 게 세상에는 정말 많았다. 보은은 지금, 그중 하나를 깨달았다. 그동안 함께 일해 오면서 창수에 대해서 다 알게 되었다고 생각했다. 그러나 정작 중요한 사실 하나는 놓치고 있었다.

'있잖아, 나…… 내 파랑새를 찾은 거 같아.'

보은이 속으로 중얼거렸다.

창수와 다투고 나서부터 줄곧 느꼈던 불안의 정체를 보은은 마침내 깨달았다. 너무 가까워서 오히려 볼 수 없었던 진실.

"고마워."

보은이 창수의 어깨에 머리를 슬며시 기대며 속삭였다.

"뭐가?"

창수가 물었다.

"그냥…… 다."

창수의 어깨에 기댄 뺨이 따뜻했다. 보은은 창수의 온기를 느끼며 가만히 웃음 지었다.

9
고맙습니다, 사랑합니다

금잔화 • 이별의 슬픔

　문을 열자 뼈가 앙상한 아이가 링거를 꽂은 채 이쪽을 보고 있었다. 얼굴은 밀가루를 바른 듯 핏기 하나 없었고 민머리에는 뽀로로 털모자를 쓰고 있었다. 창수와 보은이 들어서자 아이는 이를 드러내 보이며 웃었다.

　"아줌마, 빨리 빨리!"

　아이의 재촉에 침대 옆 보조 의자에 앉아 있던 간병인 아주머니가 병실 구석에 마련된 서랍장에서 금색 돼지 저금통을 꺼냈다. 아이는 저금통을 드는 것도 힘겨운 양 간신히 무릎 위에 올려놓았다.

　"저기 한새한은 누구……."

　창수가 간병인 아주머니를 보며 물었다.

　"저예요, 저! 제가 형하고 누나를 불렀어요!"

아이가 눈을 반짝이며 말했다.

"형이 이별통보단의 강창수, 누나가 소보은 맞죠?"

"그래."

"홈페이지에서 다 봤어요. 대신 이별을 통보해 준다고……."

"그렇긴 하다만 네가 정말 한새한이라고?"

창수는 의심스럽다는 듯이 눈을 희끄무레하게 떴다. 홈페이지에 '○○병원 1014호 한새한'이라는 글을 남긴 사람이 겨우 열 살 정도밖에 안 되는 꼬마라니. 연락처도 없고 용건도 쓰여 있지 않기에 장난인가 싶었지만 통장에 한새한의 이름으로 10만 원이 입금되어 있어서 무시할 수 없어 들른 참이다.

"그래. 무슨 일이니?"

"보람이한테 이별을 통보하려고요."

"보람이?"

"네. 내 여자 친구요."

이런 맹랑한 꼬마를 보았나?

창수는 기가 막혀 아이를 보았다.

"그리고 상훈이랑 명수랑 원석이랑……. 아냐, 원석이는 뺄까? 짜식, 나한테 아직 사과도 안 했는데…… 흠."

아이는 턱을 괴고 원석이를 빼느냐 마느냐에 대해 한참 고민하더니 마침내 결론을 냈다.

"그냥 원석이도 넣어주세요. 에 또, 태권도 학원 관장님이랑 영어 학원 미소 쌤이랑……."

아이는 손을 하나하나 꼽아가며 이별을 통보할 사람들을 열거하기 시작했다. 열 살 꼬맹이의 소꿉장난 연애사에 불려온 줄 알았던 창수는 나열되는 이름들에 장난스런 웃음기를 거두었다.

"……그리고 우리 엄마랑 아빠랑. 전부 스물두 명……."

아이는 꼽은 손을 내려다보며 걱정스러운 표정을 지었다.

"한 명당 얼마예요? 이게 내가 가진 전분데 좀 깎아줄 수 있어요?"

"명 수는 상관없어. 우리는 건당 계산하거든. 그리고 어린이는 특별 할인 되니까 만 원이면 충분해."

보은이 말했다.

"에이, 요샌 과자 하나도 천 원이 넘는데 그렇게 싸요?"

새한은 믿기 어려운 듯 눈을 둥그렇게 떴다.

"우리 회사 규칙이야. 그렇지, 팀장님?"

보은이 창수의 옆구리를 툭 쳤다.

"물론이지. 암."

창수가 대답했다.

"피, 불쌍하다고 마구 깎아주면 사업 망해요!"

새한이 혀를 쑥 내밀며 말했다.

"애가 참 잔망스럽지? 어떤 때 보면 애가 아니라 늙은이가 앉아 있나 싶어. 이게 다 병이 웬수지. 공 가지고 뛰어놀 나이에 병실에서 하루 종일……."

복도에서 창수가 사 온 커피를 한 모금 마시며 간병인 아주머니가 혀를 끌끌 찼다.

"가족은요?"

"아버지는 회사 끝나고 밤마다 와서 자고 가고 엄마는 둘째 가져서 지금 막달이야. 얼마 전까지만 해도 병원에서 종일 지냈는데 요새는 힘에 부치는지 낮에만 한두 시간 있다 가."

새한의 병명은 백혈병이었다. 수술 후 재발한 것이어서 희망이 없는 듯했다.

"의사 선생이 새한 아빠한테 마음의 준비를 하라고 했는데 새한이도 눈치로 아는 모양이야. 이렇게 두 사람을 부른 걸 보면……. 엄마, 아빠한테는 비밀로 해달라고 어찌나 신신당부하는지……. 에구, 쯧."

간병인 아주머니는 주머니에서 손수건을 꺼내 눈가를 닦더니 코를 흥 풀었다. 창수가 다시 병실 안으로 들어갔을 때 새한과 보은은 노트북 화면을 보며 열심히 얘기 중이었다. 새한은 보람이와 둘이서 만든 러브장을 보여주고 있었다. 사진첩에는 둘이 찍은 사진도 있었는데 보람이는 새침한 내숭과 같았다.

"보람이가 요새 많이 바쁜가 봐요. 통 러브장에 안 들어와요."

새한이 아쉬워하며 말했다.

"보람이랑 어떻게 이별할지는 생각해 봤니?"
보은이 물었다.
"네."
새한이 고개를 끄덕였다.

*

방학을 맞아 보람의 스케줄은 고3처럼 바빴다. 아침 9시부터 1시까지는 전과목 학원, 2시부터 4시까지 영어 학원, 그 뒤로도 논술, 피아노 등이 줄줄이 있었다. 그래서 새한의 병문안 스케줄을 맞추기가 여간 쉽지 않았다. 논술 선생이 독감에 걸린 탓에 겨우 짬을 낸 보람은 보은과 함께 병원을 찾았다.
"그동안 연락 못 해서 너무 미안. 정말 눈코 뜰 새 없이 바빴어."
보람은 병실에 들어서자마자 사과부터 했다.
"괜찮아."
"전보다 말랐네. 지금도 많이 아파?"
"아니. 많이 좋아졌어."
새한이 의젓하게 말했다.
"다행이다. 나도 지난달에 수술했다!"
"뭐? 어디 아팠어?"
"아니. 아픈 건 아니고 영어 발음 잘되라고……. 난 하기 싫은데 엄마가 억지로 시켰어. 이제 r 발음 잘해. 봐봐, r."

보람이는 혀를 꼬며 r을 발음했다.

"알?"

새한이 따라 했다.

"아니, 알이 아니고 r. 혀가 입천장에 닿으면 안 돼."

보람이 설명하며 새한이 볼 수 있도록 입 모양을 천천히 움직여 발음했다.

"알."

"r."

"알. 에이, 안 된다. 안 할래."

"하긴…… 너네 엄마는 이런 거 별로 신경 안 쓰지? 좋겠다. 나도 아프면 영어에서 해방되려나?"

보람은 새한이 부러운 듯 보았다.

"아닐걸. 니네 엄만 병실에서도 영어 테이프 틀어놓을걸. 누워 있으면 심심하니까 듣고 있으라고."

"하하, 정말 딱이다!"

보람이 박수를 치며 웃었다. 새한도 그 어느 때보다 환하게 웃음 지었다. 창수가 그 모습을 놓치지 않고 재빨리 카메라로 새한의 얼굴을 클로즈업했다.

"근데 저 오빠 뭐야? 아까부터 계속 카메라 들고. 스토커야?"

보람의 엉뚱한 물음에 보은이 풋 하고 웃었다. 창수가 촬영을 하다가 썩소를 지었다.

"아니. 영화 촬영. 내가 주인공이야. 나중에 엄마 아빠 보여 줄 거야."

"그럼 여주인공은?"

"당연히 너지."

새한의 사탕발림에 보람은 흐뭇한 미소를 지었다. 그러고는 새한의 어깨에 오른손을 올려 어깨동무를 하고서 V자를 그려 보였다. 두 꼬마 연인은 혀를 쑥 내밀어 메롱, 하기도 하고 두 볼을 부풀려 금붕어처럼 뻐끔거리기도 하며 카메라 앞에서 재미있는 표정을 지었다.

보람은 얼마 전에 아이돌 그룹 엔젤스위트의 콘서트를 보았 던 얘기며, 영어 학원의 선생인 찰스가 들려준 재밌는 얘기 등 을 재잘재잘 늘어놓았다.

"크리스마스트리로 제일 많이 쓰이는 구상나무가 원래 우 리나라 나무였다는 거 알아?"

"아니."

"한국전쟁 이전에 미국인이 구상나무를 보고선 특허를 신 청해 버렸대. 그래서 우리나라한테는 구상나무에 대한 권리가 없대."

"정말? 아깝다."

"그치. 나도 찰스 쌤한테 이 얘기 듣고 너무 속상했어."

보람은 얘기를 하면서 하품을 크게 했다. 그 후로도 몇 번이나 더 하품을 했다.

"졸려?"

"응. 어제 11시까지 학원 숙제 했거든."

보람이 눈을 비볐다.

"그럼 조금 자."

"아니야. 이제 가야 해. 엄마가 밖에서 기다려."

보람은 휴대폰 시계를 보면서 말했다.

"나, 1월 달에는 미국으로 영어 캠프에 가. 당분간 못 볼 거야."

"응, 잘 다녀와."

"안녕. 내년에 보자."

보람은 가방을 챙기고 병실 문을 열고는 돌아서서 손을 흔들었다. 새한도 침대에 기댄 채로 손을 흔들었다.

"응, 그래. 안녕."

탁, 문이 닫히자 새한은 침대에서 일어나 창틀에 매달렸다. 얼마 후에 보람이 현관에서 나오는 게 보였다. 새한은 보람이 엄마의 차에 올라 사라질 때까지 물끄러미 창밖만 내다보고 있었다.

"보람이, 참 불쌍한 애예요. 만날 공부에 치여 살고……. 형, 오늘 찍은 거…… 사진으로도 뽑을 수 있어요?"

"물론이지. 한번 볼래?"

창수는 카메라의 LCD 창을 새한에게 보여주며 찍은 동영상을 플레이시켰다. 새한은 신기한 듯이 화면 속의 자신을 바라보았다. 그러고는 보람이랑 둘이서 우스꽝스런 표정을 지었던 부분을 보며 킥킥댔다.

"히히, 이 사진들 보람이한테 보내주면 좋아하겠다."

새한이 히죽히죽 웃었다. 보은은 그 웃음이 가슴에 아렸다.

보람이랑 어떻게 이별할지는 생각해 봤니?

그냥 '안녕'이라고 말할 거예요. 내일 또 볼 수 있는 것처럼 그냥 '안녕'이라고.

*

민규는 엘리베이터에서 내려 로비를 두리번거렸다. '회사 앞'이라는 보은의 전화를 받고 내려온 참이다. 이어폰을 꽂은 채 노란 상자를 들고 있는 보은의 뒷모습이 보이자 민규의 입가에 절로 미소가 지어졌다.

"잠깐 올라와서 차라도 한잔하지 않고서."

"아니야. 바쁜데……."

보은은 이어폰을 빼고 대답했다. 민규가 준 mp3였다. 민규의 입이 함박만 해졌다. 그가 직접 건넨 mp3를 보은이 듣고 있다는 건 좋은 징조였다.

"잠깐 기다릴 수 있어? 30분이면 정리하고 나올 수 있는데.

네가 좋아하는 와플 잘하는 데가 있어."

민규는 시계를 보았다.

"아니."

보은은 고개를 저었다.

"자, 이거."

보은이 노란 상자를 건넸다.

"뭔데?"

민규가 상자의 뚜껑을 열었다. 앨범이 들어 있었다.

"mp3 정말 고마워. 그동안 오빠의 제의…… 생각해 봤는데 나는 오빠를 그냥 좋은 추억으로 남겨두고 싶어. 돌이켜 떠올렸을 때 미소 지을 수 있는……. 그래서 오빠가 내게 준 이 mp3, 정말 소중하게 여겨져. 이게 아니었다면 내 첫사랑은 잔인하게 이별을 통보받은 그날로 기억되었겠지. 이게 날 미소 짓게 했듯이 이 앨범도 오빠를 미소 짓게 했으면 좋겠어. 난 오빠가 앞으로 더욱더 행복해졌으면 좋겠어. 좋은 사람 만나서 예쁜 사랑 하고 행복한 추억들을 많이많이 간직했으면 좋겠어. 그리고 그 추억들이 한 장 한 장 아름다운 사진으로 남아 이 앨범을 가득 채우기를 바라."

"보은아……."

민규는 앨범을 든 채 말을 잇지 못했다.

"안녕이란 말은 하지 않을게. 다음에 만났을 때 웃으면서 인사할 테니까."

보은은 민규에게 꾸벅 인사했다. 그러고는 밝게 웃음 지으며 로비를 나왔다. 뒤돌아보니 민규는 앨범을 물끄러미 바라보고 있었다. 보은은 민규의 등을 향해 손을 흔들어 보이며 가만히 중얼거렸다.

'고마웠어. 그리고 사랑했어.'

거리로 나오자 캐럴이 흘러넘쳤다. 가게의 입구마다 크리스마스트리가 놓였고 빨갛고 파란 전구가 깜박깜박 빛났다. 내일이면 크리스마스였다. 올해는 화이트 크리스마스가 되려는지 조금씩 눈이 흩날리기 시작했다.

보은은 가까이 있는 남대문 시장에 들렀다. 병원 현관에 커다란 트리가 놓여 크리스마스 분위기를 내고 있었지만 새한이 머무르고 있는 병실은 바깥세상의 들뜬 분위기와는 경계를 그어놓은 듯 썰렁했다. 미니 크리스마스트리와 전구, 인형 등 소품을 두 손 가득 들고 보은은 병원으로 향했다. 새한은 창수와 함께 노트북으로 카트라이더를 하고 있었다. 창수가 자판에 매달려 열심히 두들겨대고 새한은 옆에서 "왼쪽! 왼쪽!", "오른쪽! 오른쪽!" 훈수를 두면서 드라이브 삼매경에 빠져 있었다.

"에이, 또 죽었잖아! 어째, 형은 1라운드도 제대로 못 넘겨?"

새한이 김이 샜다는 듯 입을 삐죽 내밀며 말했다.

"쫌만 더하면 잘한다니까?"

"치? 언제? 유치원생도 이 정도 했으면 형보다 잘하겠다."

"진짜 되게 못 하지? 전에 팀 먹고 총싸움 하는데 같은 팀인 나를 막 쏘더라니까."

보은이 맞장구를 치며 소품이 든 쇼핑백을 침대 위에 올려놓았다. 새한이 다가와 보더니 눈을 빛냈다.

"트리다!"

새한과 보은은 트리를 어디에 놓을 것인가 머리를 맞댄 후 구석에 놓여 있던 서랍장을 창가로 옮겨놓고 그 위에 놓았다. 창수가 트리를 장식하는 둘을 카메라에 담기 시작했다. 전구를 둘둘 두르고 별과 인형, 양말을 걸어놓으니 금방 크리스마스트리가 완성되었다. 플러그를 꽂자 꼬마전구에 불이 반짝반짝 들어왔다. 새한은 환하게 웃으며 박수를 쳤다.

"엄마 빨리 왔으면 좋겠다. 보여주게."

호랑이도 제 말 하면 온다고 새한의 휴대폰이 띠리링 울렸다. 새한은 침대 맡에 놓여 있던 휴대폰을 보더니 "엄마다!" 하며 반색했다.

새한 엄마는 점심은 잘 먹었는지, 몸 상태는 어떤지 꼬치꼬치 물었다.

"엄마, 출발했어?"

"미안. 집 앞 경사길이 얼어서 엄마 혼자는 못 갈 거 같아. 아빠 퇴근하면 같이 갈게."

새한은 아쉬운 표정을 지었지만 이내 "알았어. 빨리 와" 하
고 대답하고는 전화를 끊었다.

"엄마 못 오신대?"

보은이 트리의 전구 줄이 꼬인 걸 풀면서 물었다.

"응. 길이 미끄러워서 나오기 어렵대."

"동생 때문이구나. 넘어져서 아기가 다치면 안 되니까……."

보은이 중얼거리자 새한이 고개를 끄덕였다.

"크리스마스 선물로 뭐 받고 싶어? 산타 할아버지한테 살짝
귀띔해 둘 테니 말만 해."

분위기를 북돋우고자 보은이 말했다.

"괜찮아. 난 이미 받았어."

"어? 뭐?"

"내 동생!"

"동생?"

"응. 내가 엄마 아빠한테 동생 갖고 싶다고 막 졸랐거든."

"왜?"

창수가 카메라를 든 채 새한에게 가까이 다가왔다.

"음. 동생이 있으면 내가 떠나도 엄마 아빠가 덜 슬퍼할 거
같아서……."

보은과 창수는 말을 잃은 채 침묵을 지켰다.

"이건 비밀이다. 엄마 아빠한테는 그냥 동생이 있으면 좋겠
다고 했거든."

새한은 천진스럽게 말했다.

"아 참, 누나. 나, 엄마 아빠 선물 사고 싶은데…… 내 동생 선물이랑."

"뭔데? 말해 봐. 사 올 테니."

새한은 서랍장으로 뛰어가 문을 열고 검은 비닐봉지 세 개를 꺼냈다. 돼지저금통에 저금해 둔 돈을 분류해 놓은 거였다.

"이건 500원짜리, 이건 100원짜리, 이건 지폐……. 모두 합쳐서 19만 7천8백 원이야. 그리고 이건 선물 목록."

새한은 장난꾸러기처럼 씩 웃었다.

보은은 새한 산타의 특명을 받고 제일 먼저 아기 용품 전문점에 갔다. 자장가가 흘러나오면서 얼룩말, 원숭이, 호랑이, 사자 등 귀여운 동물 인형들이 회전목마를 타듯이 빙빙 돌아가는 모빌을 선물로 골랐다. 두 번째로는 액세서리 가게에 가서 구슬로 꿰어 만든 머리핀을 샀고 마지막으로 앙고라 털실로 짠 목도리를 샀다. 보은은 정성스럽게 포장한 선물 상사를 양손에 들고서 새한의 가족들이 선물을 뜯어보며 단란한 한때를 보낼 걸 생각하며 입가에 미소를 머금었다.

"새한아, 선물 사 왔……."

보은은 병실의 문을 열고는 우뚝 멈추어 섰다. 병실은 텅 비어 있었다. 새한도, 창수도, 간병인 아주머니도 없었다. 마치 원래부터 빈방인 것처럼 썰렁했다. 그저 서랍장 위 미니 트리만이 반짝반짝 빛나고 있었다.

"어떻게 된 거야?"

무균실 대기실 앞에서 보은이 창수에게 물었다.

"저녁 먹고 갑자기 구토를 시작하더니…… 열이 오르면서…… 폐렴이래. 새한이의 체력으로는 버티기 힘들지도 몰라."

창수는 씁쓸히 말했다. 보은은 무릎에서 힘이 쑥 빠져나가는 것 같았다. 무균실 창문에 매달려 보은이 새한을 바라보았다. 새한은 잠이 든 건지 창백한 얼굴로 눈을 감고 있었다.

"내가 돌봤어야 하는데…… 엄마라는 사람이 남의 손에 자식 맡겨놓고 집 안에 편안히 있었으니…… 흐흑."

새한의 엄마는 만삭인 배에 한 손을 얹으며 하염없이 눈물을 흘렸다.

"왜 맘 약하게 굴어? 당신 탓 아니야. 새한이 잘 이겨낼 거야."

새한 아빠는 새한 엄마의 손을 꼭 잡았다. 새한은 엄마 아빠를 고루 닮은 것 같았다. 맑고 선한 눈매는 엄마를, 고집스런 입매는 아빠를 쏙 빼닮았다.

'새한아, 선물 사 왔어. 내일 엄마랑 아빠랑 풀어봐야지. 응? 얼른 일어나!'

보은은 잠든 새한을 보며 마음으로 응원했다.

새한은 결혼 7년 만에 얻은 귀하디귀한 아들이었다. 금이야 옥이야 키우던 아이가 발병한 건 겨우 여섯 살. 새한이 백혈병 진단을 받은 그날, 순옥은 하늘이 무너지는 것 같았다.

이마에 미열이라도 있거나 새한이 밭은기침이라도 한 번 할라치면 심장이 쪼그라들며 항상 노심초사하던 지난 4년이었다. 그 세월 동안 남몰래 흘린 눈물은 바다를 이루고도 남았을 것이다.

'마리아님, 부디 새한을 돌봐주세요.'

순옥은 손에 든 묵주를 한 알 한 알 정성스레 돌리며 기도했다. 온 마음을 모아 기도하는 그녀의 얼굴에는 식은땀이 방울방울 맺혀 있었다. 갑자기 순옥이 아랫배를 움켜쥐었다. 하지만 한 손으로는 묵주를 돌리는 걸 잊지 않았다.

"여보, 왜 그래?"

새한 아빠가 놀라 물었다.

"양……수가……."

"뭐?"

무지근한 진통이 순옥의 아랫배를 눌러왔다.

"예정일, 아직 일주일이나 남았잖아? 간호사를 부를까? 아니야, 어서 분만실로 가자."

새한 아빠는 당황해서 어쩔 줄 모르며 허둥댔다.

"괜찮아요. 아직은……. 우리 새한이 곁에 있을래요."

진통 때문에 순옥의 얼굴이 절로 일그러졌다. 그녀는 애써 웃음 지으며 말했다. 얼마 후, 새한이 잠에서 깨어나 엄마를 찾았다. 순옥은 급히 무균실로 들어갔다. 새한은 눈꺼풀을 들기도 어려운 듯 가느스름하게 눈을 뜨고는 "엄마" 하고 불렀다. 하지만 소리로는 나오지 않았다. 그저 입술만 달싹였을 뿐이다.

"응, 그래. 엄마 여기 있어. 새한아, 엄마 여기 있어!"

순옥은 새한의 손을 꼭 잡고 하염없이 눈물을 흘렸다. 새한은 희미하게 안심하는 미소를 지었다. 순옥은 아들의 손을 놓칠세라 꼭 쥐고서 한 손으로는 묵묵히 묵주를 돌렸다. 시간이 흐를수록 무지근했던 진통이 점점 바늘로 찌르는 듯 심해졌다. 진통이 올 때마다 순옥의 눈가가 경미하게 흔들렸다. 갑자기 아랫배를 치고 오는 고통에 순옥이 묵주를 놓치고 배를 감싸 쥐었다. 입에서는 신음이 흘러나왔다.

"괜찮으세요?"

신음 소리에 커튼 뒤에서 간호사가 나와 물었다. 순옥은 진통을 참느라 입술이 하얗도록 깨물었다. 혀끝에서 비릿한 피맛이 느껴졌다.

"엄마……."

새한이 걱정스럽게 순옥을 올려다보았다.

"걱정 마. 괜찮아, 새한아……."

"안 되겠어요. 진통이 심하신데 어서 분만실로 가세요."

간호사가 순옥의 어깨를 부축하며 말했다.

"괜찮아요. 아직 나오려면 멀었어요. 내가 알아요. 잠시만…… 우리 새한이 안정될 때까지만…… 하앗!"

순옥이 아랫배를 움켜쥐며 숨을 헐떡였다.

"엄마, 나 괜찮아. 기다릴 테니까…… 내 동생…… 낳으러 가……."

새한은 가쁜 숨을 색색거리며 말했다.

"새한아……."

순옥은 눈물범벅인 채로 새한을 안타까운 듯 바라보았다.

"새한이는 저희가 잘 돌볼게요."

간호사가 순옥을 출입문 쪽으로 이끌었다. 순옥은 떨어지지 않는 발길을 떼며 자꾸만 뒤돌아보았다.

아가, 아가. 우리 예쁜 아가. 눈에 넣어도 아프지 않을 내 아가. 기다리렴, 꼭 기다려! 너랑 쏙 닮은 어여쁜 동생 낳을 테니 꼭 기다리렴!

순옥은 찢어지는 가슴을 안고 분만실로 향했다. 새한이 힘겹게 손을 들어 올리며 엄마를 배웅했다.

흰 눈이 소복소복 밤새도록 내렸다. 새 생명의 탄생을 축하하듯 함박눈이 펄펄 내렸다. 새한의 소원대로 크리스마스 선물로 예쁜 여동생이 태어났다. 눈동자가 새까맣고 총명해 보이는 귀여운 여자아이였다.

　인생은 나그네길 어디서 왔다가
　어디로 가는가
　구름이 흘러가듯 떠돌다 가는 길에
　정일랑 두지 말자 미련일랑 두지 말자
　인생은 나그네길 구름이 흘러가듯
　정처 없이 흘러서 간다

　장례식장 건물 밖에는 상복을 입은 한 아주머니가 멍하니 내리는 눈을 바라보면서 나지막이 노래를 읊조리고 있었다. 핏발 선 눈, 핏기가 가신 수척한 얼굴에는 가늠할 수 없는 슬픔이 서려 있었다. 그 모습을 보는 순간 보은은 울컥 눈물이 치솟아 올랐다. 노래 가사 하나하나가 가시처럼 알알이 가슴에 박히고 뜨거운 슬픔이 목구멍을 빨갛게 데웠다. 보은은 차마 아주머니를 볼 수 없어 뛰다시피 하여 장례식장 건물 안으로 들어갔다.

　빈소에 마련된 영정 속 새한은 금방이라도 "누나!" 하며 말할 것처럼 생생하게 웃음 짓고 있었다. 하얀 국화꽃을 영정 앞에 놓고 새한의 명복을 빌고 나서 창수와 보은은 산부인과 병동으로 갔다. 새한 엄마는 눈이 퉁퉁 부은 채 두 사람을 맞았다.

　"새한이가 저희에게 이별 인사를 대신 부탁했었어요."

보은은 눈물을 꿀꺽 삼키며 말했다. 창수는 가져온 노트북
에 그동안 촬영한 새한의 이별 편지를 플레이시켰다.
화면 속에서 새한이 환한 미소와 함께 등장했다. 그 모습에
순옥은 다시 눈물을 터뜨리고 말았다.

엄마, 아빠, 이걸 볼 때쯤이면 난 하늘나라로 가 있을 거예요.
하지만 너무 슬퍼하지 마요.
난 엄마, 아빠 사랑 많이 받아서 이 세상에서 제일 행복한 아이
였어요.
그리고 엄마, 아빠한테는 새빛이가 있잖아요.
히힛, 내 맘대로 이름 지었는데 예쁘죠?
새한이 할 때 '새'자랑 세상을 밝혀주는 환한 빛의 '빛', 새빛.
내 동생, 새빛이가 내 몫까지 엄마, 아빠 곁에 오래오래 있을 거
예요.
엄마, 아빠 정말 정말 사랑해요!
그리고 고맙습니다!

10
나를 나답게 하는 사람

바이올렛 · 영원한 우정 영원한 사랑

창수는 시퍼렇게 멍든 눈두덩에 맥반석 계란을 굴리면서 영화 편집에 열중이었다. 눈에 영광의 상처를 주었던 마지막 촬영분을 이어 붙인 창수는 으랴차차 기지개를 크게 켜면서 눈두덩에 굴렸던 계란을 책상 모서리에 톡 쳐서 껍질을 간 후 한입에 우겨 넣었다.

"어우 더럽게. 얼굴 문지르던 걸."

보은이 옆자리에서 어이없다는 듯 고개를 저었다. 창수는 히죽히죽 웃으면서 V 사인을 해 보였다.

"실없이 웃는 거 보니까 드디어 완성?"

보은이 눈을 반짝였다.

"오, 형! 그럼 이제 감독 데뷔 하는 거예요?"

영탄이 이벤트에 쓸 연인들의 앨범을 만들며 김칫국을 시원

히 들이켰다. 창수는 이별통보단으로 활동하면서 짬짬이 촬영
해 두었던 영상을 편집해 이별에 관한 다큐멘터리 영화를 만
들었다. 때때로 이별의 상처에 아파하는 사람들을 인터뷰하느
라 지금처럼 얼굴에 영광의 상처가 생기기도 했지만 결과는
만족스러웠다.

"입봉이 그렇게 쉽나? 네티즌들이 뽑아줘야지."

창수는 포털 사이트에서 개최하는 '나도 감독이다' 라는 공
모전을 준비하고 있었다. 대한민국을 대표하는 내로라하는 감
독들이 심사를 맡고 있긴 했지만 이번 공모전은 네티즌들의
점수가 더 크게 작용할 거라고 한다. 대상은 극장에서도 상영
한다고 하니 아마추어 감독들에게는 좋은 기회였다.

"그럼 친구들 쫙 동원해야겠네."

영탄이 어깨를 으스대면서 말했다.

창수는 피식 웃으며 시디에 영화를 구워 케이스에 넣었다.
그동안 참 많은 사랑, 참 많은 이별을 접했다. 이제는 창수가
이별할 때였다.

"소보로, 가자."

창수가 시디 케이스를 가방에 넣으며 자리에서 일어났다.
보은이 의아한 듯 창수를 보았다.

"어딜?"

"이별을 통보하러."

남산 팔각정을 지나 샛길로 접어든 창수를 따라 보은은 겨울 산행에 나섰다. 발밑에서 뽀드득뽀드득 흰 눈이 으깨지며 산뜻한 소리를 내었다. 창수는 사람들의 발길이 잘 닿지 않는 곳에 이르러 이정표라도 찾는 듯 주위를 빙 둘러보았다. 그러고는 한 나무 아래에 멈추어 섰다.

창수는 두 손으로 쌓인 눈을 파낸 다음, 가까이 놓여 있는 돌멩이를 집어 땅을 툭툭 쳤다. 차갑게 얼은 땅은 쉽게 문을 열어 주지 않았다. 땀이 방울방울 맺힐 때쯤 작은 구멍이 파였다. 창수는 가방에서 시디를 꺼내 조심스레 구멍에 놓았다. 그러고는 기도하듯 잠시 눈을 감고 있다가 그 위에 흙을 덮었다.

누구와 이별을 한다는 걸까.

보은은 궁금했지만 창수의 표정이 전에 없이 진지했기에 그저 말없이 지켜볼 뿐이었다.

"이 나무…… 우리 누나야."

보은을 올려다보는 창수의 눈가가 불그스름했다.

"누나를 화장하고 나서 아버지랑 여기에 와서 이 나무 주위에 누나의 재를 뿌렸어. 매년 이맘때가 되면 누나를 보러 오지. 올해는 누나에게 내 첫 영화를 보여줄 수 있게 됐어."

한쪽에 물러서 있던 보은은 목에 두른 스카프를 풀어 나무에 둘러맸다. 그러고는 뒷걸음쳐 창수의 옆에 나란히 섰다.

"안녕하세요, 언니. 언니의 미련퉁이 동생 덕분에 빈손으로 왔지 뭐예요. 미리 말해 줬으면 선물이라도 사 왔을 텐데. 이거, 제가 제일 아끼는 스카폰데 언니 드릴게요. 고마워요. 언니 덕분에 우리 아빠……이제 웃으면서 기억할 수 있어요."

보은이 허리를 구부려 꾸벅 인사했다.

창수와 보은은 다시 샛길을 거슬러 팔각정에 이르렀다. 서울 타워가 하늘 높이 우뚝 서 있었다.

"여기까지 왔는데 타워 구경하고 가자."

보은이 창수의 소맷부리를 잡고 이끌었다.

타워 앞 광장에 도착하자 서울의 상징, 해치가 한 손을 번쩍 들고 환하게 웃으며 두 사람을 맞았다. 간단하게 수제 햄버거를 사 먹고 나서 기념품 가게에 들렀다. 벽에는 사랑의 메시지를 담은 타일이 알록달록 붙어 있었다.

"재밌겠다. 우리도 붙이자."

"촌스럽게 뭐 이런 걸……. 얼마예요?"

창수는 편잔을 주면서도 못 이기는 척 점원에게 만 원을 건넸다. 점원은 거스름돈과 함께 빨간 자석 타일을 꺼내 주었다.

"뭐라고 쓸 건데?"

창수가 물었다.

보은은 잠시 생각에 빠졌다. 지난날들이 주마등처럼 스쳐 지나갔다. 민규에게 앨범을 선물했던 일, 팔광이를 떠나보낸 영탄이, 크리스마스 날 하늘나라로 간 새한이, 누나에게 영화 시디를 선물한 창수……. 사랑이 깊을수록 이별은 가슴 아리지만 고운 추억으로 남았다. 마치 조개가 아픔을 참아가며 만든 진주처럼, 그리고 슬픈 영화를 보고 실컷 울고 나서 마음이 정화되듯이.

보은은 사인펜을 들고 쓱쓱 글을 쓰기 시작했다.

사랑이 아름다우면 이별도 아름답다!

그러고선 타일과 사인펜을 창수에게 건넸다. 창수가 글을 보고 씩 미소 지으며 그 아래에 글을 덧붙였다.

이별통보단 보은 & 창수 ^__^

그들이 붙인 타일이 숱한 사랑의 메시지들 사이에 섞여 하나의 작은 그림이 되었다.

서울 타워의 간이 2층 전망대에는 트리 모양의 자물쇠 나무들이 흰 눈을 소복이 이고 서 있었다. 연인들이 영원한 사랑을 맹세하며 걸어놓은 자물쇠들은 비바람에 녹이 슨 게 많았다. 비록 자물쇠는 녹슬었을지언정 사랑만큼은 세월 속에서 한결같기를.

엘리베이터에서 내려 전망대 로비로 나오자 푸른 하늘이 가슴을 시원하게 툭 틔웠다. 날씨 좋은 맑은 날에는 멀리 인천 앞바다까지 보인다던데 오늘은 그런 운까지는 없는 듯했다. 그래도 굽이굽이 펼쳐져 있는 산들 사이에 빽빽이 들어선 건

물들이 바다처럼 사방으로 펼쳐져 있는 모습은 감탄을 절로
자아냈다.

보은은 유리창에 딱 붙어 서서 저 너머 어디쯤에 집이 있을
까 가늠해 보았다. 하지만 방향치에 길치인지라 전혀 짐작도
안 갔다. 하늘이 점점 주홍빛으로 물들기 시작했다. 붉은 해
주변에 빛무리가 구름을 붉게 물들이고 건물들 사이로 스며
들며 장관을 이루었다.

"그럼 여기는 도쿄 타워쯤 되려나?"

나란히 서서 서울 시내 전망을 보던 창수가 시선을 보은에
게 돌리며 말했다.

"응?"

보은이 무슨 얘긴가 싶어 되물었다.

"전에 그랬잖아. 기쁠 때나 슬플 때나 즐거울 때나 우울할
때나…… 눈을 감고 여행을 떠난다고. 그러니 이곳은 도쿄 타
워쯤 될까? 아니면 시드니 타워?"

그러고 보니 하루에 한 번쯤은 현재 있는 장소를 세계의 관
광 명소 중 하나로 대치해 보곤 했는데 오늘은 내내 그런 생
각을 못 했다.

이곳은 어느 곳과 비교해 볼 수 있을까?

하지만 문득 이대로도 좋다는 생각이 들었다.

굳이 낯선 도쿄나 시드니에 있는 타워를 상상하지 않더라도
지금 이 시간은 충분히 자유롭고 즐거웠다. 그리고 평안하고

행복했다.

"아니, 굳이 도쿄 타워가 아니어도, 시드니 타워가 아니어도 돼. 오늘은 서울 타워로도 충분해."

보은은 창수를 의미 있게 바라보며 대답했다. 그랬다. 창수와 함께 있으니 서울 타워는 서울 타워로도 족했다.

"좀 있으면 해가 질 것 같은데 야경도 보고 가자. 커피 마실래?"

창수가 싱긋 웃으며 가방에서 캔커피를 꺼냈다. 두 사람은 전망대 한쪽에 마련된 의자에 가 앉았다. 외국인을 비롯해 내국인 관람객이 많아 자리 쟁탈전이 치열했다. 창수가 이쪽저쪽 눈치작전을 펼치다가 한 커플이 일어나려고 채비하자 잽싸게 그 앞에 가서 대기하고 섰다가 차지한 자리였다.

보은은 두 손으로 캔커피를 감쌌다. 손바닥에 따뜻한 온기가 전해졌다. 이렇게 가만히 있으니 너무도 편안해 몸이 노곤해졌다. 하품이 나와 커피를 한 모금 마시는데 주머니 속에서 문자 수신음이 울렸다. 블루마린에게서 온 문자였다.

화면에 블루마린과 재석이 함께 볼을 맞대고 활짝 웃는 사진이 하트 모양으로 떴다. 그들의 뒤에는 에메랄드빛 오로라가 하늘을 온통 덮고 있었다.

"어?"

보은은 놀라 휴대폰을 빤히 보았다.

"뭔데?"

창수가 고개를 내밀어 문자를 보았다.

"어?"

창수도 의외라는 듯 소리를 냈다.

"안녕, 보은 씨. 잘 지내요? 재석 씨와 나, 오로라를 보러 캐나다로 여행 왔어요……"

보은이 문자를 읽기 시작했다.

서로를 위해 떠나보냈는데 떨어져 지내다 보니 재석 씨도, 나도 이건 옳은 사랑이 아니라는 걸 알았어요. 내 사랑의 정의는 이제 아프고 상처받을지언정 그 모든 걸 사랑하는 이와 함께 나누는 거예요. 보은 씨도 자신만의 사랑의 정의…… 찾았나요?

보은의 입가에 미소가 맺혔다. 보은은 블루마린에게 축하의 메시지를 보냈다.

"잘됐네, 정말. 나도 축하한다고 전해줘."

창수가 옆에서 덧붙였다.

두 사람 앞에 작은 그늘이 졌다. 십 대로 보이는 어린 커플이 다정하게 팔짱을 끼고 다가와 창수 앞에 섰다.

"저, 사진 좀 찍어주실래요?"

여자 아이가 카메라를 내밀었다. 창수는 카메라의 뷰파인더에 두 사람이 가운데로 오도록 맞춘 후 "하나, 둘, 셋"을 외쳤다. 찰칵, 셔터 소리가 나며 플래시가 터졌다.

"고맙습니다."

귀엽게 웃어 보이며 여자 애가 창수에게서 카메라를 건네받았다.

"저희도 찍어드릴까요?"

사진을 가볍게 확인한 후 여자 애가 물었다. 생글생글 웃으며 붙임성 있게 말하는 얼굴이 참 예뻤다. 창수는 보은을 힐끔거리다가 고개를 저었다.

"됐……."

"좋아요!"

앉아 있던 보은이 창수에게 팔짱을 끼며 다른 손으로는 V 사인을 그렸다. 창수가 놀라 멍하니 보은을 내려다보았다. 보은은 팔짱 낀 손을 살짝 흔들었다.

"뭐해? 앞을 보고 웃어야지."

그 소리에 창수가 어색하게 앞을 보았다.

"남자 분, 더 활짝 웃으세요. 좋아요, 찍을게요. 하나, 둘, 셋!"

찰칵.

'블루마린님, 사랑의 정의를 찾았냐고요? 물론 찾았지요. 나를 나답게, 그를 그답게 만드는 사랑…… 그게 내 사랑의 정의예요.'

사진 속의 보은이 하얀 이를 드러내며 활짝 웃고 있었다. 그 곁에서 창수도 시원하게 웃음 짓고 있었다.

두 사람의 뒤로 둥근 보름달이 휘영청 떴다.

사랑이 익어간다.

나를 나답게…… 하루하루 익어간다.

내일 또 내일.

이별통보단이라는 씨앗을 가지고 캐릭터와 에피소드를 새롭게 구상하면서 가장 고심했던 것은 이별을 통해서 무엇을 이야기할 것인가, 였습니다. 그러자 이별이 무엇일까? 하는 의문이 생겼습니다. 그리고 이런 결론이 나왔지요. 사람마다 각자의 지문이 있듯이 이별은 각 사랑의 지문이 아닐까, 하는…….

창수는 첫 번째 이별 통보를 맡고 나서 털보 형님에게 '이별은 사랑의 다른 이름'이라고 말합니다. 사람이 만 명이면 사랑도 만 가지지요. 그 수많은 사랑의 모습은 이별하는 순간에, 마치 과일에서 엑기스만 뽑아낸 과즙처럼 그 사랑의 특성을 보여주지요. 그래서 이별을 통해 사랑의 여러 가지 모습들을 보여주자, 라고 마음먹었습니다.

전체 이야기 틀을 짜고 신이 나서 한글을 열었습니다. 첫 챕터를 쓸 때는 창수가 빨간 팬티를 들고 어머니에게 등짝을 얻어맞는 장면을 생각하며 혼자 키득키득 웃었지요. 언제나 그렇지만 하얀 백지에 커서가 깜박깜박하고 있으면 한밤중에 낯선 곳에 홀로 뚝 떨어진 것같이 막막하기만 합니다. 〈이별통보단〉을 머릿속에 굴리며 종일 매달려도 하루 한 줄도 안 나오는 날에는 자아비판으로 지구 반대편까지 땅굴을 팠고, 맘에 드는 문구 하나, 장면 하나를 쓴 날에는 자뻑으로 코가 피노키오처럼 쑥쑥 늘어났습니다. 글을 쓸 때는 항상 이렇듯 혼자서 코미디를 하고 있습니다.

2012년 새해가 밝았습니다. 올해에는 이 세상의 모든 솔로들에게 '나를 나답게 만들어주는 사랑'이 찾아오기를, 그리고 모든 커플들의 사랑이 영원하기를 기원합니다. 그래도 혹여 사랑이 지칠 때면 언제든 〈이별통보단〉을 찾아주세요. 보은과 창수가 달려갈 테니까요.

이별통보단

초판 1쇄 발행 2012년 2월 20일

지은이 홍인영
원안 이지민 박종대
기획 안은미

발행인 이진영 김태원
편집인 윤을식

대표 프로듀서 한성근
프로듀싱 고상우 임민형 이종희
본문삽화 장광평

펴낸 곳 도시출판 지식프레임
출판등록 2008년 1월 4일 제 322-2008-000004호
주소 서울시 강남구 신사동 511-6 범원빌딩 603호
전화 기획문의: (02)512-5232, 편집 및 영업문의: (02)521-3172 | 팩스 (02)521-3178
이메일 editor@jisikframe.com
홈페이지 http://www.jisikframe.com

ISBN 978-89-94655-19-2 03810

- 푸른여름은 도서출판 지식프레임과 (주)푸른여름퍼블리싱이 함께하는
  OSMA(Original Story Multi Application) 단행본 임프린트입니다.

- 이 책 내용의 전부 또는 일부를 재사용하려면 반드시 저작권자와
  푸른여름 양측의 서면에 의한 동의를 받아야 합니다.

- 책 값은 뒤표지에 있습니다.